ПРИКЛЮЧЕНИЯ КАПИТАНА АЛАТРИСТЕ
Чистая кровь

Arturo
Pérez-Reverte

Limpieza
de sangre

ПРИКЛЮЧЕНИЯ КАПИТАНА АЛАТРИСТЕ

Артуро
Перес-Реверте

Чистая кровь

Москва

ЭКСМО

2004

УДК 82(1-87)-3
ББК 84(4Исп)
П 27

Arturo PÉREZ-REVERTE
LIMPIEZA DE SANGRE

Перевод с испанского *Александра Богдановского*

Художественное оформление
и макет *Андрея Бондаренко*

Перес-Реверте А.

П27 Чистая кровь: Роман / Пер. с исп. А.Богдановского. — М.:
Изд-во Эксмо, 2004. — 256 с.

ISBN 5-699-08125-9

...В этот миг у меня за спиной прозвучала негромко высвистанная музыкальная рулада — *тирури-та-та* — я похолодел, и пальцы мои, обагренные кровью дона Луиса, крепче стиснули рукоять его кинжала. Медленно обернулся, одновременно занося клинок, блеснувший в лунном свете. На парапете я увидел хорошо знакомый силуэт в плаще и широкополой шляпе. Увидел и понял: ловушку нам подстроили смертельную, и теперь в нее попался я. «Вот мы и снова встретились», — произнес он...

Капитан Диего Алатристе совершает налет на бенедиктинскую обитель, Иньиго Бальбоа попадает в лапы священной инквизиции, а его роковая любовь Анхелика де Алькесар совершает первое предательство страсти. Костры аутодафе уже пылают...

Второй том историко-авантюрной эпопеи Артуро Переса-Реверте о капитане Алатристе «Чистая кровь» — впервые на русском языке.

УДК 82(1-87)-3
ББК 84(4Исп)

ISBN 5-699-08125-9

Здесь золотом Америк полны трюмы,
Гербы — кичливы и девизы — хлестки,
Здесь труд неведом трутням при дворе.

Здесь весел плут, а честные — угрюмы.
Здесь режутся на каждом перекрестке,
Здесь вешают на каждом пустыре.

Томас Боррас, «Кастилия»

I

Порученьице сеньора Кеведо

В тот день должен был состояться бой быков, однако лейтенанту альгвасилов Мартину Салданье попасть на корриду не довелось. Возле церкви Св. Хинеса обнаружили портшез, а в нем — задушенную женщину, державшую в руке кошелек, где лежали пятьдесят эскудо и клочок бумаги со словами: «На заупокойные мессы». Без подписи. Наткнулась на портшез какая-то прихожанка, по благочестию своему явившаяся в церковь ни свет ни заря: она бросилась к причетнику, тот позвал священника, а священник, на скорую руку отпустив богомолке грехи, дал знать властям. Когда Салданья пришел на церковную площадь, вокруг портшеза уже толпились соседи и набежавшие зеваки. С каждой минутой их становилось все больше, порядка — все меньше, так что полицейским пришлось оттеснить любопытствующих, чтобы не мешали судье и писарю составлять протокол, а лейтенанту — производить осмотр мертвого тела.

Салданья всегда действовал так неторопливо, словно у него впереди была вечность. Может быть, сказывались навык и повадка старого солдата, который много лет отвоевал во Фландрии, прежде чем получил — как поговаривали втихомолку, стараниями своей жены — должность лейтенанта альгвасилов; но так или иначе, к служебным своим обязанностям относился он с истинно воловьей невозмутимостью, что дало повод некоему остроумцу по имени Руис де Вильясека сочинить стишок содержания весьма ядовитого и крайне обидного для мужского достоинства Салданьи. Мартин, однако, если в чем-то и проявлял медлительность, то уж не в тех случаях, когда извлекал из арсенала, неизменно побрякивавшего у него на поясе, шпагу, кинжал, нож или вычищенные и на славу смазанные пистолеты. И лейтенантово проворство мог бы подтвердить и засвидетельствовать сам стихотворец Вильясека, ибо, прочитав свой пасквиль на ступенях Сан-Фелипе, он приобрел спустя ровно трое суток прямо на пороге собственного дома три лишних дырочки, сквозь которые и устремилась его грешная душа в чистилище ли, в преисподнюю или еще куда.

Однако дело-то все было в том, что доскональный осмотр покойницы результатов не дал. Убитая оказалась женщиной более чем зрелых лет — ближе к пятидесяти, нежели к сорока, — одетой в просторное платье черного сукна и с током[1] на голове, что указывало на принадлежность к племени дуэний

---

1 Ток — шапочка с плоским дном и узкими полями. — *Здесь и далее прим. переводчика.*

или дам-компаньонок. В карманах у нее обнаружились четки, ключ и смятая бумажная иконка с изображением Пресвятой Девы Аточеской, на шее — золотая цепочка с ладанкой Святой Агеды, а черты лица свидетельствовали, что бог ее красотой не обделил и не обидел, и в молодости она должна была пользоваться успехом. Шелковый шнурок, стягивавший ее горло, да страдальчески оскаленный рот говорили о том, что умереть ей помогли. По состоянию кожных покровов и трупному окоченению можно было установить: смерть наступила минувшей ночью. Даму эту удавили в собственном ее портшезе, который не успели внести в притвор церкви. Кошелек с полусотней эскудо, предназначенных на помин ее души, доказывал, что убийца обладал либо весьма извращенным чувством юмора, либо истинно христианским милосердием. Но, должен вам сказать, в тогдашней Испании, во времена смуты, буйства и неразберихи, которые переживали мы под монаршим присмотром католического нашего государя Филиппа Четвертого, даже самые отпетые головорезы и отъявленные душегубы, схлопотав пулю или удар шпагой, громогласно требовали к себе священника со святыми дарами, так что богобоязненный убийца был не в диковину.

О происшествии Мартин Салданья поведал нам ближе к вечеру. Верней сказать — не «нам», а капитану Алатристе, с которым встретился, когда мы в толпе народа возвращались с корриды, а сам он уже завершил осмотр тела, затем положенного в гроб и выставленного для опознания в госпитале «Санта-Крус». Упомянул между прочим и мимоходом, ибо гораздо больше интересовался тем, как прошел бой быков, нежели расследованием порученного ему дела. Да и то сказать: в неспокойном нашем Мадриде убийства на улице случались часто, а вот добрые корриды — все реже и реже. Так называемые *каньяс* — нечто вроде упражнений по выездке, в которых показывали свое умение владеть конем и копьем титулованные сливки нашей знати, а порой и сам король — были словно бы отданы на откуп юным придворным шаркунам-вертопрахам, а тех больше занимали ленты, кружева и дамы, нежели грамотный, хорошо поставленный удар, и потому нынешние состязания даже отдаленно не напоминали те ристалища, что проводились в стародавние времена, когда христиане воевали с маврами, или хотя бы те, что устраивались при великом Филиппе Втором — дедушке нынешнего нашего государя. Касательно же боя быков, то в первой трети нашего столетия он оставался любимейшим развлечением испанского народа. Из семидесяти с лишним тысяч мадридцев не менее полусотни тысяч спешили на Пласа-Майор всякий раз, как на этой перекрытой со всех сторон площади устраивалась коррида, и громовыми криками и рукоплесканиями воздавали должное отваге и мастерству истинных кабальеро, вступавших в единоборство с круторогими страшилищами из Харамы. Да, вы не ослышались — кабальеро, ибо в ту пору дворяне, испанские гранды и даже принцы крови еще не гнушались выезжать на лучших своих лошадях на арену, чтобы всадить копье в загривок быку, не робели выходить на него со шпагой под восторженный гул публики, единодушной в своих пристрастиях и склонностях, теснилась ли она на стоячих местах или же сидела на балконах, куда билетец стоил от двадцати пяти до пятидесяти эскудо, что было по карману лишь придворным высокого ранга да иностранным послам, включая сюда и папского нунция. Схватки эти тотчас воспевались в стихотворных куплетах, причем всякого рода забавные происшествия тоже становились добычей рифмачей и виршеплетов, мгновенно, так сказать, вонзавших в неудачников свои отточенные перья. Вот, скажем, однажды бык погнался за альгвасилом, а поскольку блюстители порядка ни тогда, ни теперь не могли похвастаться народной любовью, все немедленно приняли сторону четвероногого:

> Сеньоры, лучше обойтись без прений —
> Бычище прав, хоть на расправу скор:
> Два рогоносца на одной арене —
> Конечно, это явный перебор.

А в другой раз вышло и того чище — адмирал де Кастилья, преследуя быка, случайно ранил копьем графа Кабру[1]. И уже на следующий день весь Мадрид облетели такие стишки, сразу ставшие знаменитыми:

> Бесстрашный адмирал, глаза разуй!
> Ты сослепу, а может — с перепою
> Или объятый яростью слепою, —
> В единоборстве одолел козу.

---

1 Cabra — коза (*исп.*).

И стало быть, само собой разумеется, Мартин Салданья, повстречавшись в то воскресенье со старинным своим приятелем Диего Алатристе, первым делом принялся объяснять, что именно помешало ему прийти на корриду, а капитан стал рассказывать во всех подробностях, как дело было — и что в королевской ложе присутствовали их величества, и где́ он со мной сидел, грызя орешки и люпиновые семечки, в народе именуемые «волчий боб», и что быков было четверо и все оказались хорошей, как принято говорить, злобности, и что граф де Гуадальмедина, равно как и граф, дай бог памяти... Будьтенате или что-то в этом роде — блеснули мастерством и сломали каждый по копью. Причем под первым — старинным нашим знакомцем Альваро де ла Маркой — свирепый харамский рогач убил лошадь, и граф, как истинный дворянин и храбрец, продолжил поединок пешим и отстоял свою честь, сначала подрезав быку поджилки, а затем прикончив двумя точными ударами, чем снискал похвалу короля, улыбку королевы и оживленнейшее мельтешение вееров, с помощью коих дамы в ту пору изъяснялись не хуже, чем словами. Да, все взгляды обратились тогда к нему, ибо Гуадальмедина был статен и красив. Не обошлось и без происшествий: бык, выпущенный на арену последним, набросился на королевских гвардейцев, которые, надобно вам знать, по одному от каждой роты — испанцев, немцев и лучников — назначались в караул под королевской ложей перед самым барьером, переступать который было им строжайше воспрещено, если только бык не устремится к ним с янычарскими, так сказать, намерениями. Вероятно, в тот раз быка слишком сильно раздразнили, и он, ринувшись на гвардейцев, разметал их вместе с алебардами в разные стороны, а одному — дюжему и рыжему немцу — вспорол рогами брюхо, так что пришлось его здесь же, на площади, под забористую германскую брань безотлагательно соборовать.

— Потроха наружу, как у того прапорщика... — завершил свой отчет капитан Алатристе. — Ну, помнишь, при Остенде? Когда в пятый раз за день брали бастион «Конь»... Как его бишь звали? Ортис или Руис, что-то в этом роде.

Мартин Салданья покивал, приглаживая седеющую бородку, которую, вопреки солдатскому обычаю, не так давно отпустил в рассуждении скрыть шрам от раны, полученной, кстати сказать, при взятии этого самого Остенде лет двадцать назад, то есть когда столетию нашему пошел не то третий, не то четвертый годик. На рассвете Алатристе, Салданья и еще пятьсот человек, а среди них и Лопе Бальбоа, родитель мой, вылезли из траншей и побежали по земляному валу на приступ, имея впереди капитана Томáса де ла Куэсту и знамя с крестом Святого Андрея, которое нес этот самый прапорщик Ортис, Руис или как его там, и в рукопашной схватке выбили голландцев с первой линии укреплений, а потом полезли на парапет под сильнейшим, можно даже сказать — шквальным огнем неприятеля и никак не менее получаса резались с ним на стенах, в результате чего и заимел Мартин Салданья рубец через всю щеку, Диего Алатристе — шрам в виде полумесяца на лбу, а знаменщик Ортис или Руис, которому ударом шпаги зверски разворотили нутро, попытался было, придерживая волочащиеся по земле кишки, выйти из боя, да не успел: пуля попала ему в голову. И когда капитан Томас де ла Куэста, весь залитый кровью, ибо и ему досталось изрядно — отделали не хуже Господа Бога нашего Иисуса Христа, — высказался в том смысле, что, мол, «сеньоры, мы сделали все, что было в наших силах, а теперь предлагаю вам взять ноги в руки, мы отступаем», то папаша мой и с ним еще другой солдат — низкорослый крепенький арагонец по имени Себастьян Копонс — помогли Салданье и Алатристе добраться до своих окопов, а голландцы — судя по плотности огня, все, сколько ни есть их на свете — палили им вслед и вдогонку со стен, тогда как наши бежали, тревожа Пречистую Деву и Пресвятую Троицу страшной матерщиной вперемежку с мольбой о заступничестве, что в данном случае — одно и то же. Однако хватило же у кого-то и времени, и мужества подобрать вроненное беднягой Ортисом или Руисом знамя, валявшееся на бастионе вместе с распотрошенными останками прапорщика и трупами еще двухсот наших, которым не довелось ни ворваться в Остенде, ни вернуться в свое расположение да и вообще ничего больше в этой жизни сделать не пришлось

— Все-таки мне помнится, что звали его Ортис, — промолвил Салданья.

Что ж, через год они сполна расквитались и за прапорщика, и за всех, кто полег в том бою, равно

Порученьице сеньора Кеведо

как и во всех предыдущих, ибо с восьмого или девятого раза бастион «Конь» удалось-таки взять, и когда Салданья, Алатристе, папаша мой, Копонс и все прочие уцелевшие ветераны Картахенского полка уже на чистой, как говорится, злобе пробились внутрь, за стены, и голландцы залопотали по-своему *srinden, srinden*, что значит «друзья», и *veijiven ons over* или что-то в этом роде, мол, «сдаемся», капитан де ла Куэста, у которого с иностранными языками было из рук вон скверно, зато с памятью — замечательно, сказал: «Нет уж, черта лысого вам, а не *шринден!* Господа, пленных не брать, пощады не давать, и чтоб ни одного живого еретика на этом редуте не было», — и Диего Алатристе при содействии других поднял над бастионом старое, многажды простреленное знамя с Андреевским крестом — то самое, что нес Ортис или Руис, пока не запутался в собственных кишках; все были по локоть в голландской крови, струившейся по лезвиям кинжалов и шпаг.

— Говорят, ты собрался повоевать? — сказал Салданья.

— Подумываю.

И слова эти не ускользнули от моего внимания, хотя я все еще был ослеплен корридой и жадно разглядывал зрителей, выходивших с площади на Калье-Майор — знатных дам и кавалеров, кричавших своим кучерам: «Подавай!» и садившихся в кареты, всадников, легкой рысью направлявшихся в сторону церкви Сан-Фелипе. На дворе был тысяча шестьсот двадцать третий год, от начала же царствования юного нашего государя Филиппа Четвертого — второй, и возобновление военных действий во Фландрии настоятельно требовало денег, оружия, людей. Генерал дон Амбросьо Спинола набирал солдат по всей Европе, и сотни ветеранов намеревались вернуться под его знамена. Картахенский полк, потерявший при штурме бастиона Юлих, где, кстати, сложил голову и мой отец, каждого десятого, а год спустя под Флёрюсом — две трети списочного состава, был сформирован заново и вскоре должен был выступить в поход, чтобы присоединиться к войскам, осаждавшим крепость Бреду. Я знал, что Диего Алатристе, хоть полученная под Флёрюсом рана его не зарубцевалась окончательно, сговаривался с несколькими своими старыми товарищами насчет возвращения в строй. В последнее время у него появились весьма и весьма могущественные враги при дворе, а потому он счел разумным покинуть на некоторое время Мадрид.

— Что ж, мысль неплохая... — сказал Салданья. — Здесь припекать начинает, да? Мальчишку-то возьмешь с собой?

Минуя закрытые ювелирные лавки, мы шли в густой толпе в сторону Пуэрта-де-Соль. Капитан мельком оглядел меня и как-то неопределенно повел плечами:

— Да вроде рановато ему.

Лейтенант, усмехнувшись в бороду, опустил мне на макушку свою широченную жесткую ладонь, а я тем временем восторженно пялился на сверкающие стволы его пистолетов, кинжал и шпагу с широкой чашкой, висевшую на перевязи поверх нагрудника из буйволовой кожи, способного защитить грудь от ударов, которые на Салданью так и сыпались — еще бы, при его-то ремесле.

— Для чего рано, а для чего и нет, — Салданья заулыбался еще шире с оттенком недоброго лукавства: ему ли было не знать, что когда раскрутилась приснопамятная история с англичанами, я не сплоховал. — Ты и сам-то в его годы пошел служить.

Да, так оно и было: четверть длинного нашего века назад Диего Алатристе, второй сын в семье дворян-однодворцев, имея тринадцать лет от роду, некрепко затвердив четыре правила арифметики, азы латыни и начатки Закона Божьего, бросил школу и сбежал из дому, попал в Мадрид и, прибавив себе года, поступил барабанщиком в один из полков, отправлявшихся под командой инфанта-кардинала Альберта во Фландрию, в действующую армию.

— Иные были времена, — ответил капитан.

Он посторонился, уступая дорогу двум молоденьким вертихвосткам, по виду — проституткам не из дешевых, которые шли в сопровождении своих кавалеров. Салданья, должно быть, знал, кто они такие, и потому снял шляпу с преувеличенной и потому почти оскорбительной учтивостью, чем вызвал яростный взгляд одного из их спутников. Ярость, впрочем, улетучилась бесследно, едва лишь этот щеголь разглядел, какое убийственное — вот уж точно! — количество всякого железного добра навешано на лейтенанте.

— Ну, тут я с тобой соглашусь, — задумчиво, будто припоминая что-то, ответил Салданья. — Иные были времена, иные люди.

— И короли.

Лейтенант, смотревший девицам вслед, с некоторым недоумением перевел взгляд на Алатристе, а затем покосился на меня.

— Полно, Диего, зачем же при нем-то?.. — Он стал беспокойно озираться по сторонам. — Да и со мной таких разговоров лучше не вести. Я все же как-никак — представитель закона.

— Каких это «таких»? Я всегда был верен тем, кому присягал. Однако присягал я троим, оттого и говорю тебе — король королю рознь.

— Ну?

— Гну!

Салданья поскреб бородку и прежде чем повернуться к Алатристе, вновь огляделся, более того — я заметил, что он почти бессознательным движением опустил руку на эфес.

— Ты что же, Диего, ссоры со мной ищешь?

Капитан не ответил. Его светлые немигающие глаза выдержали взгляд Салданьи, а тот расправил плечи и слегка выпятил грудь, поскольку был жилист и коренаст да ростом не вышел, — и так вот стояли они, двое старых солдат, вплотную друг к другу и лицом обветренным, иссеченным ранними морщинками и боевыми шрамами — к лицу. Прохожие посматривали на них с любопытством. В буйной, нищей, гордой нашей Испании — гордость к тому времени была едва ли не единственным ее достоянием: чего-чего, а уж этого было в избытке — люди крепко усвоили, что слово — не воробей, и даже старые верные друзья готовы были из-за опрометчивого высказывания пустить в ход оружие, ибо недаром же сказал поэт:

> В речах ли вольных кто-то был неосторожен,
> взглянул ли косо иль с улыбкою кривой —
> и в тот же самый миг ты шпагу рвешь из ножен
> и, с места не сходя, вступаешь в смертный бой.

Совсем недавно на улице Прадо, средь бела дня и при всем честном народе маркиз де Новоа, обозвав своего кучера болваном, получил от него шесть ударов ножом, и подобное — со столь же вескими основаниями — случалось сплошь и рядом. Так что я подумал было, что Салданья сейчас обнажит шпагу, и прямо на улице начнется поединок. Лейтенант альгвасилов в случае соответствующего приказа, глазом не моргнув, отправил бы друга на галеры, а то и на плаху — в чем я имел случай убедиться сам, — но не вызывало ни малейших сомнений, что он никогда не употребит власть, которой облечен, для сведения личных счетов, и уж тем более — не злоупотребит ею, ибо такие вот несколько причудливые, а по нынешним временам — извращенные, понятия о порядочности были в ходу у этих людей, из чистой бронзы отлитых; я же, вращаясь в их кругу и в юные годы, и на протяжении всей остальной своей жизни, свидетельствую здесь и честным словом ручаюсь, что у самых отпетых негодяев и отъявленных мерзавцев, мошенников и плутов, у отставных солдат, ставших наемными убийцами, случалось мне замечать больше уважения к неким неписаным законам и правилам, нежели в среде людей добропорядочных или, по крайней мере, почитающих себя таковыми. Мартин Салданья был другой породы: всякого рода недоразумения и разногласия предпочитал он улаживать самолично, с оружием в руках и с глазу на глаз, никогда не прибегая — он вообще был не из тех, кто бегает — к помощи королевской власти, которую, между прочим, представлял. И слава тебе, Господи, что они с капитаном вовремя остановились, не оскорбили друг друга публично, не сделали шагов, могущих нанести их дружбе — корявой и шершавой, но испытанной и верной — ущерб непоправимый. Так или иначе, не увидела Калье-Майор, где после корриды прогуливался «весь Мадрид», как обменялись эти двое резкими словами, за которыми непременно последовал бы и обмен ударами. И напыжившийся было Салданья шумно выдохнул и обмяк, а в темных глазах его, по-прежнему устремленных на Алатристе, заискрилось подобие улыбки.

— Доиграешься, Диего: когда-нибудь тебя убьют.

— Может быть. Так что лучше уж ты сам этим займись.

Теперь уже капитан улыбнулся в свои густые солдатские усы. Я увидел, как Салданья поднял руку и с грубоватой лаской коснулся плеча Алатристе.

— Поговорим-ка лучше о чем-нибудь еще. Пойдем выпьем, ты меня угостишь.

Тем все дело и кончилось. Пройдя еще буквально несколько шагов, мы завернули в таверну «У кузнецов», как всегда, переполненную лакеями, пажами, грузчиками и разносчиками, а также старухами, предоставляющими свои услуги в качестве дуэньи, матушки или тетушки. Служанка поставила на грязный, залитый вином стол два кувшина с «вальдеморо», которые капитан с Салданьей опорожнили с ходу, ибо как же тут беседовать, когда в горле пересохло? Мне еще не исполнилось четырнадцати и потому пришлось довольствоваться водой: хозяин давал мне вино лишь в похлебке, а верней будет сказать — тюре, составлявшей обычный наш завтрак: на шоколад-то, сами понимаете, хватало не всегда, и в чистом же виде я его получал исключительно в лечебных целях, когда прихварывал. Впрочем, Каридад Непруха тайком угощала меня ломтиками хлеба, вымоченными в вине с сахаром, что мне в пору моего отрочества и по причине полного незнакомства с иными сластями представлялось лакомством вкуса неземного. Капитан утверждал, что, мол, с вином всегда успеется: мое от меня не уйдет, подрасту и буду пить, сколько влезет, но чем позднее я узнаю вкус вина, тем будет лучше, ибо многих достойных людей сгубило пристрастие к Бахусовым забавам. Не подумайте только, будто он читал мне проповеди о пользе трезвости — все это произносилось лишь мимоходом и вскользь, ибо, сколько помнится, я уже упоминал, что был Диего Алатристе крайне несловоохотлив и молчал красноречивей, нежели говорил. Конечно, потом уже, когда пошел я в солдаты, случалось мне и выпивать, и напиваться, однако я все же уберегся от этого порока — хватает мне иных и похуже — и по большей части всегда потреблял вино весьма умеренно: только чтобы взбодриться или же для препровождения времени. Полагаю, что воздержанностью своей я обязан капитану, хоть он никак не мог служить мне наглядным примером и образцом для подражания. Напротив, хорошо помню, что сам-то он пил много, подолгу и молча. И не в пример другим — чаще всего не в компании и уж точно не на радостях. Пил Диего Алатристе невозмутимо, меланхолично, будто исполнял, как сказали бы судейские крючки, заранее обдуманное намерение, а когда чувствовал, что вино оказывает действие — затворял уста, замыкался в себе. Нет, в самом деле — вспоминая об этом, чаще всего я вижу его в нашей пристроечке на задах таверны «У турка»: в упорном молчании сидит неподвижно над стаканом, кувшином или бутылкой, уставясь в стену, на которой висят его шпага, кинжал и шляпа, и словно созерцает такое, что лишь он один и может вызвать из небытия. И судя по тому, как кривились его губы под усами, осмелился бы я предположить, что проплывающие перед мысленным его взором картины отрады ему не доставляют. И если правда, что каждый из нас волочет за собой толпу теней, то призраки, одолевавшие Диего Алатристе-и-Тенорио, не были к нему благорасположены или дружелюбны, а он удовольствия от общения с ними не получал нимало. Но тут уж ничего не поделаешь: случалось мне иногда видеть, как на лице его появлялось выражение, какого я никогда ни у кого другого не наблюдал — выражение какого-то покорного безразличия — и слышать, как, пожимая плечами, бормочет он: «Порядочный человек может выбрать, где и как ему принять смерть, но над своими воспоминаниями не властен».

Порученьице сеньора Кеведо

Паперть церкви Сан-Фелипе являла собой обычное
зрелище — на ступенях и галерейке кипел людской
водоворот, стоял разноголосый гомон: все говорили
разом, перекликались со знакомыми, глазели, прислонясь к балюстраде, на прохожих и кареты, кати-
вшие по Калье Майор, на которую обращен был фасад
собора. Тут Мартин Салданья с нами распрощался,
но пребывали в одиночестве мы недолго: вскоре подошел Фадрике-Кривой, аптекарь с Пуэрта-Серрада,
а за ним и преподобный Перес — оба они стали наперебой расхваливать недавнюю корриду. Именно
случившийся поблизости иезуит причастил немец-
кого гвардейца, бычьим рогом уволенного в бес-
срочный отпуск, и теперь рассказывал подробности — оказалось, королева, будучи, во-первых, француженкой, а во-вторых, совсем еще молоденькой
француженкой, сильно изменилась в лице, и тогда
наш государь ласково взял жену за руку и принялся
успокаивать, так что вопреки всеобщим ожиданиям
ее величество все-таки осталась в ложе, проявив выдержку, столь восхитившую публику, что по оконча-
нии корриды она приветствовала августейшую чету
громом рукоплесканий, и юный наш король со свойственной ему рыцарственной учтивостью ответил
на них, снова явив подданным свой лик.

Помнится, я по другому случаю упоминал уже,
что в первой трети столетия народ мадридский при
всей своей природной плутоватости и исконном лу-
кавстве оставался весьма простодушен, и подобные
знаки внимания со стороны высочайших особ те-
шили его самолюбие. С течением времени и под

бременем валившихся на нас злочастий простодушие это сменилось горчайшим разочарованием, стыдом и злобой. Но в те годы, о которых я веду рассказ, государь наш был еще юн, а Испания, хоть нутро ее и гнило заживо, хоть и разъедала ей сердце смертельная язва, еще сохраняла внешний блеск и благопристойное обличье. Мы тогда еще не до конца впали в ничтожество, еще держались некоторое время на плаву, еще не перевелись у нас солдаты и побрякивали в казне последние медяки. Голландия нас ненавидела, Англия — опасалась, Оттоманская Порта — остерегалась, Франция скрежетала зубами в бессильной злобе, Святой Престол с большим почетом принимал наших послов, облаченных в черное, облеченных особыми полномочиями и преисполненных сознания собственной значительности, а вся прочая Европа, чуть заслышав тяжелую поступь пехотных наших полков — во всем мире не было в ту пору им равных, — содрогалась от ужаса, словно сам сатана бил в барабан, под который шли они. И вы уж поверьте человеку, пережившему и эти годы, и те, что за ними последовали: вровень с нами тогдашними некого поставить.

Когда же наконец зашло солнце Теночтитлана, Павии, Сен-Кантена, Лепанто и Бреды[1], закат рдел от нашей крови, но и от крови наших врагов, как в

---

[1] Перечисляются триумфы Испании: взятие Э. Кортесом столицы ацтеков (1521); победа императора Карла V над французским королем Франциском I (1525); взятие города Сен-Кантена (1557); разгром турецкой эскадры в сражении при Лепанто (1571); взятие после длительной осады нидерландской крепости Бреда (1625).

Порученьице сеньора Кеведо

тот день при Рокруа[1], когда меж пластинами французской кирасы остался кинжал, подаренный мне
капитаном Алатристе. Вы скажете, господа, — все
свои безмерные усилия и отвагу мы, испанцы, должны были бы употребить на создание себе пристой-
ного обиталища, а не растрачивать их в никому не
нужных войнах, не проматывать в плутовстве и
мздоимстве, не тратить на несбыточные мечты и
святую воду. Да, вы скажете так — и будете правы. Но
ведь я толкую о том, что было. И потом, не все наро-
ды одинаково благоразумны в выборе своей стези и
не всем в равной степени присущ цинизм, без которого потом не оправдаешься перед Историей или
перед самими собой. Что же касается нас, мы были
дети своего века: не от нас зависело родиться и про-
жить жизнь в этой самой Испании, жалкой и величе-
ственной. Так уж карта легла, такой нам жребий вы-
пал. И, хочешь не хочешь, к этой-то вот невезучей
моей отчизне — даже не знаю, как и назвать ее теперь, — прикипел я всей шкурой, ее видят мои уста-
лые глаза, лелеет память.

И глазами памяти ясно, будто вчера дело было,
вижу я на нижней ступени паперти Сан-Фелипе дона Франсиско де Кеведо — как всегда, в черном с головы до пят, если не считать белого накрахмаленно-
го воротника да алого креста Сантьяго, вышитого на
груди слева. Хотя вечер был теплым, поэт, чтобы
скрыть выгнутые дугой ноги, набросил на плечи

---

1   Городок в Арденнах, где в 1643 г. французские войска под ко-
    мандованием принца Конде нанесли поражение испанской
    армии.

длинный темный плащ, оттопыренный сзади ножнами шпаги, эфес которой небрежно придерживал. Сняв шляпу, он вел беседу с кем-то из знакомых, когда борзая некой дамы подошла к нему и обнюхала затянутую в перчатку правую руку. Дама — весьма, надо сказать, хорошенькая — стояла чуть поодаль, у подножки своей кареты и вела оживленный разговор с двумя своими спутниками. Дон Франсиско погладил собаку, одновременно послав быстрый и приветливый взгляд ее владелице. Борзая потрусила к ней, словно ей поручили снести поклон, и хозяйка поблагодарила беглой улыбкой и взмахом веера, на что дон Франсиско в свою очередь ответствовал учтивым кивком, после чего закрутил двумя пальцами кончики торчащих усов. Славный поэт и завзятый дуэлянт, Кеведо в ту пору, когда я, благодаря чувству дружества, которое питал к нему капитан, узнал его, был в расцвете сил и пользовался большим успехом у дам, чему нисколько не мешала его кривоногость. Непреклонный стоик, язвительный храбрец, добрый человек с отвратительным характером, верный друг и опасный враг, он одинаково хорошо владел пером и шпагой, наповал разя соперников отточенной остротой или точным выпадом, поспевал и волочиться за дамами, оказывая им знаки внимания и услаждая их слух звучными сонетами, и проводить время в беседах с учеными и философами, ценившими его острый ум. Даже сам великий дон Мигель, гений, равного которому не создавала земля, что бы там ни кудахтали британские еретики про своего Шекспира, даже бессмертный наш Сервантес, ныне

Порученьице сеньора Кеведо

сидящий одесную Господа — создатель Дон Кихота всего за семь лет до описываемых мною событий почил в вечной славе, приказав нам всем долго жить и отдав душу тому, от кого ее получил когда-то, — так вот, говорю, даже он упомянул дона Франсиско как превосходного поэта и безупречного кабальеро в этих своих знаменитых стихах:

...Язвительной сатиры свищет бич,
Глупцов и олухов с Парнаса изгоняя,
Но можно ль вздуть, иль отхлестать, иль высечь,
Иль выпороть всех тех, кто порет дичь? —
Ведь их — десятки тысяч.

Но я отвлекся. Значит, в тот день после полудня, когда весь Мадрид фланировал по Калье-Майор, сеньор Кеведо, не очень любивший корриду, находился на ступенях Сан-Фелипе и, едва завидев капитана Алатристе в обществе преподобного Переса, Фадрике-Кривого и моем, поспешно, хоть и с неизменной своей учтивостью, распрощался со своими собеседниками. О, как бесконечно далек я был от мысли о том, что встреча эта не только осложнит нашу с капитаном жизнь до степени неимоверной, но и будет являть угрозу самому бытию — моему в особенности, — и о том, как изощряется судьба в плетении причудливых арабесок из людей, их деяний и опасностей, их подстерегающих. О, если бы в тот день при виде приближающегося к нам дона Франсиско кто-нибудь сказал нам, что таинственная смерть женщины, задушенной утром, будет иметь к нам самое непосредственное отношение,

то улыбка, с которой Диего Алатристе приветство-
вал поэта, надо полагать, замерла бы у него на губах.
Однако никому не дано знать, какой жребий ему
выпадет, и превыше сил человеческих предотвратить или изменить его.

— Вынужден попросить вас оказать мне услугу, —
сказал дон Франсиско.

Отношения Кеведо и капитана складывались
так, что подобные церемонные вступления, отда-
вавшие дань ненужным формальностям, были у них
не приняты, а потому и встречены укоризненным
взглядом Алатристе. Простившись с аптекарем и
преподобным, они направились к лоткам и палат-
кам, в изобилии теснившимся вокруг фонтана, возле которого всегда сидели те, кто, более важных дел
не имея, слушал журчание воды или глазел на фасад
церкви и примыкавший к ней лазарет. Капитан с поэтом шли впереди, бок о бок, и в неверном свете
меркнущего дня я видел и почему-то навсегда за-
помнил черное одеяние Кеведо, его переброшен-
ный через плечо плащ, а рядом — простой темный
колет капитана, короткую пелерину, присборенные
на коленях штаны, шпагу и кинжал на поясе.

— Я слишком многим вам обязан, дон Франсиско, чтобы надо было золотить пилюлю, — ответил
капитан. — И потому вы обяжете меня еще сильней,
если без околичностей перейдете прямо ко второму
действию.

Поэт хмыкнул. Совсем недавно, совсем недалеко
отсюда и как раз во время второго действия коме-

дии Лопе подоспел он на выручку Алатристе, который дрался один против пятерых — каша, если помните, заварилась из-за двух заезжих англичан.

— У меня есть друзья, — объяснил дон Франсиско. — Близкие мне люди. Им весьма желательно было бы поговорить с вами.

Он обернулся, чтобы удостовериться, что разговор их не коснется чужого слуха, но увидев, что я глазею на площадь, успокоился. И напрасно — ни слова не было пропущено мною мимо ушей. В тогдашнем Мадриде смышленый паренек рано взрослел, и я, хоть и был еще малолеткой, давно уже смекнул: быть в курсе всего происходящего — нисколько не вредно, скорей наоборот. Жизнь такая, что лучше все знать да помалкивать. Распускать язык, бахвалясь своей осведомленностью, — так же опасно, как погореть по простоте, то есть по неведению. Нет уж, недаром говорится: «Как заиграют — поневоле запляшешь», а иными словами: не влипай — не придется выпутываться.

— Порученьице, должно быть? — спросил капитан.

У него в ходу были такие иносказания. «Порученьица» Диего Алатристе выполнял, как правило, где-нибудь в темном переулке и чаще всего — при содействии шпаги. Полоснуть клинком по лицу, отрезать уши назойливому кредитору или нескромному любовнику, всадить сопернику пулю или добрый кусок толедской стали — на все имелись свои расценки. Не сходя с места, прямо на площади можно было отыскать десяток мастеров этих дел.

— Да, — кивнул поэт, поправляя очки. — И за хорошие деньги, можете не сомневаться.

При этих словах Диего Алатристе повернул голову к собеседнику, внимательно оглядывая его, и мне на несколько мгновений открылся орлиный профиль, осененный широким полем шляпы с потрепанным красным пером — только оно одно и оживляло скромный наряд капитана.

— Нет, дон Франсиско, положительно вы сегодня задались целью уморить меня, — произнес он наконец. — Не воображаете ли вы, что я возьму с вас деньги — хорошие или плохие?

— Да ведь не обо мне же речь! Мои друзья — отец с двумя сыновьями — попали в затруднительное положение и попросили у меня совета.

Мраморная, отделанная лазуритом Марибланка глядела на нас, а под ногами у нее били струи фонтана. День меркнул и угасал. Возле закрытых лавок, где продавались шелк, сукно, книги, стояли кучки людей устрашающего вида — бывшие солдаты и сущие убийцы: все как на подбор носили длиннющие усы, все имели обыкновение стоять враскоряку и ходить вперевалку, у всех на перевязи или у пояса висела здоровенная шпага. Кое-кто из них подзывал к себе разносчика, закусывал и выпивал здесь же, на площади, где, как муравьи, сновали слепые и нищие, а женщины, которых принято называть уличными, более или менее откровенно предлагали свои услуги. Кое-кто из вояк узнавал Алатристе и здоровался с ним издали, а капитан в ответ с рассеянным видом слегка дотрагивался до шляпы.

— Вас-то это дело касается? — спросил он.

Дон Франсиско неопределенно пожал плечами:

— Лишь отчасти. Однако по причинам, которые вам скоро станут понятны, мне придется идти до конца.

Мы миновали еще одну кучку подозрительных усачей, прогуливавшихся перед решетчатой оградой церкви. Площадь и примыкавшую к ней улицу Монтэра личности такого рода облюбовали себе издавна, драки и поножовщина случались здесь постоянно — калитку в воротах потому и заперли, чтобы после смертоубийства злоумышленники, использовав древнее право убежища, не попытались, говоря их языком, «юркнуть в норку», то есть избегнуть правосудия.

— Это опасно?

— Очень.

— Стало быть, придется подраться.

— Боюсь, это грозит кое-чем похуже удара шпагой.

Капитан продолжал молча идти вперед, разглядывая шпиль, венчавший крышу монастыря, который возвышался над узкими домиками на дальнем конце площади, куда выходила улица Св. Иеронима. Что за город такой: шаг шагнешь — на церковь наткнешься!

— А почему я-то?

Дон Франсиско снова хмыкнул:

— Хорош вопросец, черт побери! Потому что вы — мой друг. И еще потому, что вы — из тех, кто всегда оказывается не в голосе, если петь надо под аккомпанемент струнного трио — палача, писца и дознавателя.

Капитан в задумчивости водил двумя пальцами над воротником своей пелерины:

— И что же — прилично заплатят?

— Будьте покойны.

— Да уж не вы ли?

— Да уж без меня не обойдется. Возможно ли светить, не сгорая?

Алатристе продолжал ощупывать свое горло:

— Всякий раз, как наклевывается выгодное дело, мне чудом удается отвертеться от петли.

— Дай бог, чтоб и теперь удалось...

— Разрази меня гром, ваши слова не больно-то окрыляют!

— Зачем же мне лукавить с вами?

Капитан поглядел на Кеведо очень мрачно:

— Вас-то как угораздило снова вляпаться, дон Франсиско?.. Только-только вернули себе расположение короля... Ведь так долго были в опале из-за герцога Осуны...

— Ах, друг мой, в этом и состоит *quid*[1], — печально ответствовал поэт. — Будь проклята благодать, которой поперхиваешься... Но так уж вышло... На кону — моя честь.

— Судя по вашим словам, и голова — тоже.

Кеведо насмешливо воззрился на капитана:

— И голова — тоже. Причем не только моя, но и ваша. Если, конечно, решитесь сопутствовать мне.

---

1   *Здесь: суть дела (лат.).*

Последняя фраза тоже была данью приличиям, и оба собеседника это понимали. И тем не менее капитан с задумчивой улыбкой поглядел по сторонам, обогнул кучу отбросов, наваленных прямо на мостовой, рассеянно кивнул подмигнувшей ему девице, чьи телеса, казалось, вот-вот перельются через щедрый вырез платья, и наконец пожал плечами.

— А зачем мне это надо?.. Полк, в котором я прежде служил, вскоре отправится во Фландрию, в действующую армию, и я всерьез подумываю, не пора ли сменить климат.

— Зачем вам это надо? — переспросил Кеведо, разглаживая усы и эспаньолку. — Не знаю, хоть зарежьте. Наверно, затем, что когда друг, как вы изволили выразиться, вляпывается, его надо выручать. Иными словами, за него придется подраться.

— Подраться? Минуту назад вы уверяли, что обойдется без этого.

С этими словами Алатристе вновь устремил на поэта внимательный взгляд. Небо над Мадридом совсем потускнело, и первая тьма, размывая черты и очертания, поползла к нам с дальнего конца площади, откуда разбегались в разные стороны узенькие улочки. На прилавке одной из палаток зажегся фонарь, и под широкополым фетром дона Франсиско вспыхнули стеклышки очков.

— Надеюсь, что обойдется, — ответил он. — А если не обойдется, удары шпагой — наименьшее из всего, что будет нам грозить.

Он засмеялся весьма невесело, а через минуту донесся до меня и смех капитана Алатристе. Больше никто из них не произнес ни слова. В восхищении от услышанного, в предвкушении новых опасностей и приключений, шагал я вслед за двумя темными безмолвными фигурами. Потом дон Франсиско откланялся, капитан же остановился, не произнося ни звука, в полумраке, а я так и не решился приблизиться к нему или окликнуть его. Застыв и словно позабыв о моем присутствии, стоял он до тех пор, пока на колокольне не пробило девять.

II

Веревка и шея

Они пришли на следующий день спозаранку. Я услышал, как заскрипели ступеньки лестницы, направился было к двери, но капитан, не успевший даже надеть колет, опередил меня. Он был чрезвычайно серьезен. Ночью он вычистил, смазал и зарядил свои пистолеты, а один положил на стол — пусть в случае чего будет под рукой. И пояс со шпагой и кинжалом на вбитом в стену гвозде висел так, чтобы легко было дотянуться.

— Иньиго, погуляй немножко.

Я послушно ступил за порог и тут почти столкнулся с Кеведо, который одолевал последние ступени. За ним следовали еще трое, причем поэт делал вид, что не знаком с ними. Я отметил про себя, что гости предпочли войти не с улицы Аркебузы, а через задние двери: завернув с многолюдной улицы Толедо, где легче было затеряться в толпе, в таверну Каридад Непрухи, а уж оттуда, черным ходом, через двор — к нам. Дон Франсиско ласково потрепал меня по голове, и я пошел по галерее, не спуская, однако, глаз с его спутников. Один из них был уже совсем сед, а двое других — красивые юноши лет восемнадцати-двадцати — сильно походили друг на друга: должно быть, братья или еще какая-нибудь близкая родня. Все трое одеты были по-дорожному и чем-то неуловимо отличались от обитателей нашей столицы.

Честью вас уверяю, господа, что был и остаюсь человеком благовоспитанным и скромным, никогда не любил подсматривать и подслушивать, да и сейчас мне это претит. Но в тринадцать лет мир представляется завораживающим зрелищем — боишься пропустить самомалейшую подробность его устройства. Прибавьте к этому и те несколько слов, которыми вчера на исходе дня обменялись поэт Кеведо и капитан Алатристе. Короче говоря, как ручательство того, что все, о чем я сейчас расскажу вам, — чистая правда, признаюсь вам, что обогнул галерею, выбрался на крышу, благо по тогдашнему моему проворству и гибкости труда это не составляло, а потом с тысячью предосторожностей проник через окно в свою комнатенку и, отыскав в стене щель, откуда с большим удобством мог видеть и слышать все, что происходит по соседству, — прильнул к ней, затаив дыхание. Разве мог я не разузнать толком, в какую же затею втягивал дон Франсиско моего хозяина — ведь она, по его же собственным словам, могла стоить им обоим головы. Жаль только, что в тот миг не ведал я, сколь близок был к тому, чтобы лишиться своей собственной.

— ...За нападение на монастырь отправят прямиком на плаху, — подвел итог капитан.

Дон Франсиско не произносил ни слова. Он только представил гостей хозяину, а сам участия в беседе не принимал, с несколько отчужденным видом отсев в сторонку. Облокотясь о стол и положив шляпу между пистолетом и кувшином вина, к которому, впрочем, никто даже не притронулся, разговор вел старик. Он же и ответил Алатристе:

— Да, риск немалый. Но иного способа вызволить оттуда мою дочь не существует.

Когда дон Франсиско знакомил их, этот человек, хотя капитан вовсе не настаивал, пожелал отрекомендоваться — дон Висенте де ла Крус, родом из Валенсии, в Мадриде проездом. Худощавый, совсем уже седой, он казался лет шестидесяти с лишним, но сохранил юношескую стать и по виду был еще очень крепок. Сыновья удались в его породу. Старшему — его звали дон Херонимо — едва ли минуло двадцать пять. Младшему — совсем юному дону Луису — было не больше восемнадцати, хоть он и старался держаться солидно. На всех троих ладно и ловко сидело платье, удобное в дороге и на охоте: черный шерстяной кафтан — на отце, синий и темно-зеленый колеты, отделанные замшей, — на сыновьях. Шпаги и кинжалы у пояса, коротко остриженные волосы и фамильная черта — прямой и открытый взгляд.

— Что же это за клирики? — осведомился Алатристе.

Оставаясь на ногах, он привалился спиной к стене и засунул большие пальцы обеих рук за кушак.

Капитан явно не вполне представлял себе, что может воспоследовать от этого визита и чаще поглядывал на Кеведо, чем на гостей, словно спрашивал поэта, какого дьявола тот впутал его во все это. Но дон Франсиско полусидел на подоконнике с таким невозмутимо-отчужденным видом, словно происходящее не имело к нему ни малейшего отношения. Лишь время от времени он поднимал на капитана безразличный взгляд или с необычайным вниманием изучал свои ногти.

— Брат Хуан Короадо и брат Хулиан Гарсо, — ответил дон Висенте. — Всем в монастыре заправляют они, а настоятельница — ее зовут мать Хосефа — действует по их указке и слова поперек не скажет. Прочие сестры либо запуганы до полусмерти, либо в сговоре с этой троицей.

Капитан снова посмотрел на Кеведо, и на этот раз дон Франсиско не отвел глаза. «Сочувствую, — прочел в них Алатристе. — Но только ваша милость может мне помочь».

— Брат Хуан отправляет в монастыре должность капеллана, — продолжал дон Висенте. — Он — клеврет графа Оливареса. Его отец, Амандио Короадо, основавший эту обитель, — единственный португальский банкир, с которым считается наш министр. И теперь, когда тот мечтает избавиться от генуэзцев, Короадо-старший помогает ему выкачивать из Португалии деньги, столь нужные для войны во Фландрии... Потому его сынок наслаждается полнейшей безнаказанностью и в стенах, и за стенами монастыря.

— То, о чем вы рассказали мне, — серьезное обвинение.

— И полностью доказанное. Этот самый брат Хуан — не полуграмотный простодушный клирик, которых у нас такое множество, не монашествующий пьяница и обжора, не святоша и не фанатик. Ему тридцать лет, он богат, красив и занимает видное положение при дворе... Этот распутник превратил святую обитель в свой... сераль.

— Можно подобрать и более подходящее слово, — вмешался дон Луис.

Голос его подрагивал от негодования, которое юноша едва сдерживал, обуздывая себя из почтения к отцу.

— Можно, — сурово ответил тот. — Но пока там находится твоя сестра, произнести его я не позволю.

Побледневший дон Луис склонил голову, а его старший брат, который, очевидно, лучше владел собой и в разговор не вступал, успокаивающе коснулся его руки.

— Ну а второй клирик? — спросил Алатристе.

Свет из окна, у которого пристроился дон Франсиско, падал так, что хорошо были видны и давний шрам над левой бровью капитана, и — на лбу, почти у самых волос — свежая памятка о схватке в театре. Приглядевшись, гости могли бы заметить на тыльной стороне руки и третий рубец, оставленный кинжалом в драке у Приюта Духов. Одежда скрывала прочие отметины — в том числе и от полученной при Флёрюсе раны, которая заставила капитана в свое время выйти из полка, а теперь беспрестанным своим нытьем не давала ему уснуть по ночам.

— Брат Хулиан Гарсо приходит в монастырь исповедовать монахинь, — ответил дон Висенте. — Тоже важная шишка. Его дядюшка заседает в государственном совете... Голыми руками не возьмешь.

— Шустрые мальчуганы.

Дон Луис, сдерживаясь из последних сил, стиснул рукоять шпаги:

— Скажите лучше — отъявленные негодяи.

Не находившая себе выхода ярость перехватила ему горло, и голос его сорвался. От того ли, что юноша пустил петуха, или от того, что бритва никогда еще не касалась его щек, покрытых светлым пушком, который лишь над верхней губой становился гуще и темнее, образуя подобие усиков, — но только выглядел дон Луис в эту минуту совсем мальчишкой. Суровым взглядом призвав сына к молчанию, старик продолжал:

— Беда в том, что из-за толстых стен этой обители не просочится наружу ничего. Ни лицемерие капеллана, рядящего свою похотливую суть в мистические одежды; ни граничащая со слабоумием доверчивость настоятельницы; ни простодушие несчастных монахинь, уверенных, что они либо обуяны бесами, либо им предстают потусторонние видения... — Дон Висенте теребил свою бородку, и было видно, что благопристойная сдержанность речей дается ему с неимоверным трудом. — Помимо этого, им день и ночь внушают, что лишь любовью к своему капеллану и слепым повиновением ему они могут снискать себе благодать, приблизиться к Богу, и что лишь известного рода ласками и иными мало-пристойными действиями, которых требует от них пастырь, можно им будет достичь высшего совершенства.

Диего Алатристе слушал и не удивлялся. При его католическом величестве Филиппе Четвертом большинство наших соотечественников верило в Бога сильно и искренне, и это бы не беда, если бы внешние проявления религиозности не порождали в аристократии ханжество, а в простонародье — суеверие. Духовные лица делились на три категории: одни были фанатичны и невежественны, другие являли собой тупоумный и ленивый сброд, как черт от ладана бегущий от работы или военной службы, а третьих — бессовестных честолюбцев — куда сильней заботило суетное мирское преуспевание, нежели слава Божья. Покуда бедняки платили подати, от которых освобождены были аристократия и духовенство, правоведы спорили о том, является ли эта привилегия правом, дарованным свыше, или нет. И многие клирики пользовались саном своим, чтобы утолить отнюдь не духовную жажду и стяжать себе вполне земные блага. Так что рядом с людьми почтенными и достойными крутились во множестве мошенники, проходимцы и настоящие преступники: священники, давшие обет целомудрия, жили в плотском грехе и производили на свет потомство, исповедники совращали своих духовных дочерей, монашки обзаводились любовниками, и каких только мерзостей не творилось за высокими стенами обителей. К небесам вопияла непорядочность, а считалась — в порядке вещей.

— И никто не сообщил, куда следует, о том, что творится в монастыре?

Дон Висенте уныло покивал:

— Я и сообщил. Представил подробнейшую памятную записку графу Оливаресу. Ответа не дождался.

— А инквизиция?

— Была у меня беседа с одним из членов Высшего совета, он пообещал внимательно разобраться в моей жалобе. Знаю, что в монастырь направили двоих тринитариев[1] с чем-то вроде проверки. Однако падре Короадо и Гарсо при живейшем участии настоятельницы сумели убедить их в том, что все обстоит наилучшим образом, и те удалились, очень довольные.

— Наводит на размышления, — заметил вдруг дон Франсиско. — Инквизиция давно подбирается к Оливаресу, а тут вдруг упускает такой редкостный случай прищучить его.

Валенсианец пожал плечами.

— И мы так считали. Однако они, вероятно, рассудили, что через простую послушницу до министра не добраться. Кроме того, мать Хосефа пользуется при дворе большим влиянием и почитается едва ли не святой — помимо ежедневной мессы, она возносит еще и особые молитвы о том, чтобы жена Оливареса и королева произвели на свет младенцев мужского пола. Это обеспечивает ей и почет, и влияние,

---

1   Тринитарии — монахи ордена Святой Троицы.

хотя по сути дела игуменья эта — петая дура, которая
от любезного обхождения и приятной наружности
своего капеллана лишилась последних крупиц разу-
ма. Да что ж, разве она одна такая? — Дон Висенте усмехнулся горько и презрительно. — У нас ведь всякая
уважающая себя настоятельница имеет, по крайней
мере, пять — по числу язв Господа нашего — стигма-
тов и благоухает святостью... Вывихнутые мистициз-
мом мозги, неутолимое тщеславие, мания величия и
высокие связи — этого довольно, чтобы мать Хосефа
возомнила себя новоявленной Терезой Авильской.
Да еще деньги, которым падре Короадо не знает счету, так что бенедиктинская обитель Поклонения —
самая богатая в Мадриде. Многие знатные семьи
мечтают отдать туда своих дочерей.

Слушая, вернее — подслушивая все это, я, несмотря на нежный свой возраст, не очень удивлялся. Учтите, господа: в те времена — бурные, буйные, блес-
тящие, беспутные — дети взрослели быстро. В тогдашнем обществе религия ходила с развратом рука
об руку, и было общеизвестно, что исповедники
стремились к безраздельному обладанию... да нет,
хорошо, если только душой, а то ведь зачастую и
плотью своих питомиц, что имело порой самые
скандальные последствия. Влияние же священно-
служителей было попросту неимоверным. Различ-
ные монашеские ордена то враждовали между собой, то заключали альянсы, то вовсе сливались во-
едино; одни священники запрещали своим чадам
исповедоваться у других, заставляли их рвать семей-
ные узы, а случалось, и призывали к неповиновению

светским властям, если те им чем-то не угодили. Галантные клирики охотно разглагольствовали о потусторонней сути божественной любви, не трудясь при этом скрывать завесой духовности вполне земные и человеческие страсти и тяготения — похоть и тщеславие. Образ монаха, предприимчивого и любострастного, всем был хорошо известен и вдоволь высмеян в сатирах того времени.

Не редкостью опять же было, что в чаду суеверия и ханжества, за которыми пряталось столько всякой низости, мы, испанцы — скверно кормленные и еще хуже управляемые, — мечась от полнейшей безнадежности к лютому разочарованию, то отыскивали в религии утешение и опору на краю бездны, то использовали ее как простое и бесстыдное средство доставить себе житейские блага. Усугублялось положение и неисчислимым множеством тех, кто пошел по стезе священнослужения или постригся в монахини, не чувствуя к духовному подвигу ни малейшей склонности — нет, вы вдумайтесь только: во времена моего отрочества было в Испании свыше девяти тысяч монастырей! — что объяснялось старинным, но и по сей день бытующим в бедных дворянских семьях обычаем: отцы, не располагая средствами выдать дочерей замуж как полагается, с приданым, добром ли, силой запирали их в монастырь, и случалось порой поминать старинное присловье насчет того, что ряска-то хороша не только стоячую воду прикрыть, а и грех тоже. И потому без счета водилось в обителях девиц, вовсе не желавших становиться Христовыми невестами — их-то, без сомнения, имел в виду дон

Луис Хуртадо де Толедо, переводчик рыцарского романа «Пальмерин Английский», когда сочинил такие вот стишки:

> А наши драгоценные родители,
> Лишь к сыновьям любовию дыша,
> В приданое не дав нам ни гроша,
> В господней запирают нас обители,
> Однако мы и там заводим ша-
> Шни.

...Дон Франсиско де Кеведо продолжал стоять у окна, следя рассеянным взором за котами, которые шатались по крышам, словно солдаты в увольнении. Прежде чем повернуться к валенсианцам, капитан окинул поэта долгим взглядом.

— Не понимаю, — сказал он. — Как это угораздило вашу дочь там оказаться?

Дон Висенте ответил не сразу. Лившийся в окно свет, беспощадно обнаруживший рубцы на лице капитана, теперь и на лбу старого идальго выявил глубокую продольную морщину — след горестей и тревог.

— Эльвира прибыла в Мадрид с двумя другими послушницами около года назад, когда монастырь Поклонения только открылся. Сопровождавшая их дуэнья — дама с превосходными рекомендациями — должна была опекать девиц до пострижения.

— И что же говорит эта самая дуэнья?

Повисло молчание — тягостное и такое плотное, что его, казалось, можно было резать ножом. Дон Висенте де ла Крус, опершись локтем на стол, задумчиво разглядывал кисть своей руки — худой, с узловатыми пальцами, но еще крепкой. Сыновья хмуро уставились в пол, будто что-то изучая у себя под ногами. Я давно уже заметил, какой тяжелый и пристальный взгляд у старшего, дона Херонимо, человека, видно, молчаливого и угрюмого, а поскольку мне и раньше случалось встречать людей, умеющих смотреть так, я вывел непреложный закон: покуда другие бахвалятся и горланят, хлопая шпагой по столам, эти сидят себе тихо в уголку, смотрят не моргая, все видят, все замечают, ничего не упускают из виду, словечка не проронят, а потом вдруг встанут и, в лице не изменясь, всадят тебе в упор пулю или пропорют клинком. Таков же был и капитан Алатристе, и я, благодаря известному навыку, научился различать особей его породы.

— Мы не знаем, где она, — вымолвил наконец старик. — Несколько дней назад будто сгинула.

Снова воцарилось молчание, но на этот раз дон Франсиско оторвался от созерцания котов на крышах и многозначительно переглянулся с Алатристе.

— Сгинула... — задумчиво протянул тот.

Сыновья дона Висенте все так же прилежно рассматривали половицы. После томительной паузы отец кивнул коротко и резко, не сводя при этом глаз со своей руки, замершей на столе рядом со шляпой, кувшином вина и пистолетом.

— Вот именно, — сказал он.

Дон Франсиско отошел от окна, сделал несколько шагов по комнате и остановился перед капитаном.

— Поговаривают, будто она сводничала Хуану Короадо, — произнес он вполголоса.

— Стало быть, сводничала-сводничала, а потом исчезла?

В наступившей тишине Кеведо и Алатристе некоторое время смотрели друг на друга.

— Слух такой ходит, — пояснил поэт.

— Понятно.

Чего уж тут было не понять — дело было ясно даже мне, хоть я и не мог себе представить, какую роль сыграл в этом гнусном деле дон Франсиско. Если все обстоит именно так, найденных в кошельке задушенной дамы денег, которые — если верить Мартину Салданье — предназначены были на заупокойные мессы, для спасения ее души явно не хватит. Я пялил глаз в щелку, и посетители теперь внушали мне большее уважение, чем прежде. Отец казался бодрее, сыновья — зрелее. В конце концов, подумал я, содрогнувшись, речь идет об их дочери и сестре. Дома, в Оньяте, у меня тоже остались сестры, и не знаю, право, не знаю, чего бы не сделал я для них.

— Теперь настоятельница утверждает, что наша Эльвира решила полностью отречься от мира. Вот уже восемь месяцев, как нас не допускают к ней.

— Почему она не покинет монастырь?

Дон Висенте беспомощно развел руками.

— Что она может одна? Монашки и послушницы следят друг за дружкой и наушничают настоятельнице... Вы представьте себе, что там творится — видения, грезы, изгнание дьявола, беседы наедине и взаперти под предлогом того, что надо избавить духовную дочь от вселившихся в нее бесов... Ревность, зависть, неизбежные в монастыре свары и склоки... — Его лицо, прежде спокойное, исказилось страданием. — Почти все сестры не старше Эльвиры... Те, кто не обуян дьяволом, те, у кого нет видений, постыдятся в этом признаться и наврут с три короба, чтобы привлечь к себе внимание. Из безмозглой, безвольной настоятельницы капеллан веревки вьет, а та почитает его святым. И вот он со своим причетником ходит из кельи в келью и пестует своих питомиц, вселяет мир в их души.

— А вы-то сами говорили с капелланом?

— Только однажды. И всем святым клянусь — если бы происходило это не в монастырской приемной, убил бы! — Дон Висенте вскинул руку, словно возмущаясь тем, что она не обагрена кровью. — Невзирая на мои седины, этот наглец дерзко смеялся мне в лицо. Ибо наше семейство...

Он замолчал, охваченный душевной мукой, и взглянул на сыновей. Младший изменился в лице, побледнев еще больше, старший же угрюмо отвел глаза.

— Ибо наше семейство не может похвастать совершенной чистотой крови... — совладав с собой, продолжал дон Висенте. — Первым в нашем роду христианство принял только мой прадед, а у деда были большие неприятности с инквизицией. Деньгами удалось уладить дело. Мерзавец Короадо искусно играет на этом. Он грозит донести на Эльвиру, обвинив ее в том, что она тайно исполняет обряды своей прежней веры... Она и мы все.

— Хотя это — бессовестная ложь! — вскричал дон Луис. — Да, мы, к несчастью, не принадлежим к «древним христианам»[1], но давным-давно порвали с иудаизмом. В этом отношении мы — безупречны! Лучшим доказательством тому служит доверенность, которой дон Педро Тельес, герцог де Осуна удостаивал моего отца, когда тот служил в Сицилии...

Он осекся на полуслове, и бледность на его лице сменилась багровым румянцем. Я перехватил брошенный на дона Франсиско взгляд капитана. Концы с концами более или менее сошлись. Герцог де Осуна в бытность свою вице-королем Сицилии, а потом Неаполя подружился с Кеведо, что впоследствии аукнулось тому опалой и ссылкой. Теперь ясно, где берут начало обязательства перед доном Висенте, которые пытается выполнить дон Франсиско, а равно и то, откуда дует ветер, принесший старому дворянину столько бедствий и лишивший его защиты при дворе. А Кеведо ли не знать, каково это: еще вчера люди льстили тебе наперебой, а сегодня знать тебя больше не желают.

— Ну так что вы придумали? — осведомился капитан.

Не в первый раз я слышал, как задает он этот вопрос, и хорошо знал, что в этих простых словах звучит и смиренное приятие всего, что припасла ему судьба, и полнейшее безразличие к тому, удачей или

---

[1] Древними христианами в Испании назывались люди, чьи предки во времена арабского владычества не вступали в смешанные браки с мусульманами.

провалом окончится его предприятие, и усталая, чурающаяся громких слов решимость, и равнодушие ко всему, кроме сугубо технических, так сказать, подробностей предстоящего дела, и нерассуждающая, неотъемлемая от солдатского ремесла готовность встретить опасность. Впоследствии — и в бесчисленных передрягах, выпадавших нам с ним на долю, и на войне, где мы сражались за нашего государя, — приходилось мне видеть эту вот не одушевленную никаким чувством, бесстрастную пустоту взгляда, от которой светлые глаза его обретали особое, жесткое выражение — так бывало, когда после долгого и неподвижного ожидания гремела, наконец, россыпь барабанной дроби, и пехота, сохраняя восхитительную, величавую размеренность шага, шла в атаку под развернутыми знаменами, сулящими нам славу или позор. По прошествии многих лет усвоил и я себе такой взгляд, такой бесконечно усталый голос: случилось это в тот день, когда, стоя в поредевших шеренгах своего отряда, держа кинжал в зубах, пистолет в левой руке, а шпагу — в правой, смотрел я, как летит на нас лавина французской кавалерии, и закатывалось над Фландрией багровое от крови солнце, которое два столетия кряду внушало всему миру страх и почтение.

Но покуда шел только двадцать третий год нового века, за окном шумел Мадрид, и битва при Рокруа была лишь записью в тайной Книге Судеб, и полных два десятилетия должно было пройти, прежде чем открылась бы эта ее страница. И наш король сохранял еще бодрость духа, Мадрид повелевал и Старым, и Новым Светом, а я был безусым юнцом, прильнувшим к щели в стене в ожидании: что же именно предложат капитану дон Висенте и его сыновья? В тот самый миг, когда старый валенсианец заговорил, кот, прыгнув с карниза в окно, принялся тереться о мои ноги. Я попытался было отшвырнуть его — тщетно! И тут, задетые моим неосторожным и чересчур резким движением, с грохотом упали на пол метелка и жестяной совок. В ужасе подняв голову, я увидел, как старший сынок дона Висенте, яростным пинком распахнувший дверь в мою каморку, заносит надо мной кинжал.

— А я-то полагал, дон Франсиско, что вы чрезвычайно щепетильны насчет чистоты крови... — молвил, насмешливо улыбаясь в усы, капитан Алатристе. — Вот бы не подумал, что сунете голову в петлю из-за семейства выкрестов.

Кеведо, с мрачным видом подсев к столу, рьяно взялся за вино, до которого наконец-то дошел черед. Мы были втроем — дон Висенте и его сыновья уже удалились, обо всем договорившись с капитаном.

— И у старухи бывает прореха, — угрюмо сострил поэт.

— Кто ж спорит? То-то обрадуется, прознав об этом, ваш любимый дон Луис де Гонгора. Он такой сонет смастерит, что костей не соберете.

— Это уж как водится...

Поясню вам, господа, что в те времена ненависть к инаковерующим — еретикам, мусульманам и иудеям — почиталась неотъемлемой от истинной набожности: даже сам Лопе де Вега, даже славный дон Мигель де Сервантес приветствовали, например, изгнание морисков, случившееся всего за несколько лет до описываемых мною событий, а дон Франсиско де Кеведо, чрезвычайно гордившийся древностью своего рода, в котором все были христианами до семьдесят седьмого колена, не отличался особенной терпимостью к людям с сомнительной кровью. Напротив — охотно прибегал к этому доводу, когда следовало задеть противника побольнее, а излюбленной мишенью для его сатирических стрел служил вышеупомянутый дон Луис де Гонгора, которому Кеведо приписывал принадлежность к избранному народу.

> Недаром Гонгора не ест свинины:
> На лбу написано, вернее — на носу,
> Что предначертан путь ему — в раввины.

Подобные выпады он перемежал с обвинениями соперника в мужеложстве, вот как в известном стихотворении, кончавшемся такими строками:

> Наш дон Луис в сугубой злобе
> Забыл один отметить штрих:
> Пока хромаю я на обе —
> Он педерастит за троих.

А теперь, стало быть, дон Франсиско де Кеведо-и-Вильегас, рыцарь ордена Сантьяго, древний христианин, сохранивший благородную чистоту крови, владелец поместья Торре де ла Хуан-Абад, неутоми-

Веревка и шея

мый преследователь иудеев явных и тайных, еретиков, содомитов, культеранистов всех мастей, затевает ни больше ни меньше как штурм монашеской обители — и лишь ради того, чтобы, рискуя жизнью и добрым именем, помочь семейству валенсианских марранов, то бишь «новых христиан». Даже я ребяческими своими мозгами смекнул, какие чудовищные последствия может возыметь это предприятие.

— Это уж как водится, — повторил поэт.

Я полагаю, что любой и каждый на родном ли языке, по-древнегречески ли или по-еврейски — благо, дон Франсиско владел всеми тремя — принес бы обет любым богам, лишь бы не оказаться в его шкуре. И капитан Алатристе, которому не надо было оказываться в его шкуре, ибо ему и в собственной хлопот хватало, прекрасно это сознавал. Он по-прежнему стоял, привалясь плечом к стене, не присев и после ухода наших посетителей и пальцы из-за ремня не выпростав. Даже когда Херонимо де ла Крус за шиворот взволок меня в комнату, капитан не шевельнулся и произнес только: «Отпустите, пожалуйста» — но та́к произнес, что валенсианец, замешкавшись не долее, чем на долю секунды, повиновался. А я, сгорев со стыда после такого, по-ученому говоря, афронта, на карачках уполз в дальний угол и там притаился как мышка. Стоило известного труда убедить семейство де ла Крус, что я — неслух и сорванец, но человек вполне надежный и что мне можно доверять — зато сам сеньор Кеведо удостоил меня поручительством. И поскольку я и так уже все слышал, дону Висенте с сыновьями пришлось согласиться с моим присутствием. Впрочем, как медленно проговорил капитан, обводя высокое собрание ледяным и опасным взором, и здесь им ни выбирать, ни возражать тоже не приходится. Наступило долгое и многозначительное молчание, и более уже вопрос моего участия в предстоящем деле не обсуждался.

— ...Это порядочные, благородные люди, — говорил меж тем дон Франсиско. — Вот на столечко не могу я упрекнуть их в том, что они — дурные католики. — Он помедлил, подыскивая новые резоны, привести которые считал необходимым. — ...И кроме всего прочего, в бытность мою в Италии дон Висенте оказал мне важные услуги. Было бы просто низостью с моей стороны не протянуть ему сейчас руку помощи.

Капитан Алатристе понимающе склонил голову, хотя под густыми усами продолжал прятать усмешку.

— Это делает вам честь, — ответил он. — И все же — с Гонгорой-то как теперь быть? Не вы ли, сударь, неустанно поминаете ему крючковатый нос и отвращение к свинине? Кто сочинил это вот:

Зря в древние ты лезешь христиане:
Примета древности — достоинство седин,
Меж тем как ты плешив. Оставь старанье:
Ты — выкрест и не дворянин.

Дон Франсиско пощипывал эспаньолку, испытывая смешанные чувства — он был и польщен, что капитан знает его стихи наизусть, и несколько обескуражен тем, как глумливо тот прочел их:

— Клянусь плотью Христовой, ну и память у вас, Диего! Какой только чепухи не запоминаете!

Алатристе, не выдержав, расхохотался, но это не улучшило поэту настроения.

— Нет, я теперь представляю, что напишет о вас ваш извечный соперник! — И, водя в воздухе воображаемым пером, с ходу сочинил:

> Меня давно уж в иудеи —
> Нет обвинения серьезней! —
> Кеведо злоба записала
> А сам, за них душой радея,
> Совместно с ними строит козни,
> В рот не беря свиного сала.

— ...Ну, каково?

Чело дона Франсиско омрачилось еще сильнее — за шуточки такого рода всякому, кроме капитана Алатристе, пришлось бы ответить с оружием в руках. Однако он ограничился тем, что брюзгливо ответил:

— Каково-каково... Плохо! Плохо и плоско! Впрочем, педераст наш севильянский под ними с удовольствием бы подписался. Да и этот ваш приятель — граф де Гуадальмедина... Я не оспариваю его рыцарских достоинств, но как поэт он — совершеннейшее недоразумение. Позор Парнаса... Ну а Гонгора вместе с его трескучей риторикой — всеми этими триклиниями[1], икарийскими паденьями, отравой ветра и тенью солнца и прочими красотами —

---

1 Триклиний — столовая в древнеримском доме.

меньше всего меня сейчас занимает. Я и в самом деле боюсь, что втравил вас в смертельно опасную затею... — Он снова припал к стакану, а потом бросил взгляд в мою сторону. — И вас, и мальчугана.

Мальчуган — то бишь я — по-прежнему сидел в углу. Кот уже трижды прошествовал мимо, и я попытался пнуть его — без особого успеха. Тут я заметил, что Алатристе глядит на меня, и улыбка исчезла с его лица.

— Иньиго по своей воле встрял в это дело, — молвил капитан, пожав плечами. — А обо мне не беспокойтесь. Пусть вас это не заботит, ибо... — Он показал на кошелек с золотом, оставленный посреди стола. — Тяга к деньгам прогоняет тягостные мысли.

— Что ж, вам виднее...

Слова Алатристе явно не убедили Кеведо, и под усами капитана вновь зазмеилась усмешка.

— Черт возьми, дон Франсиско, вы поздновато спохватились. Снявши голову, по волосам не плачут, тем паче, что и головы наши еще при нас.

Поэт понуро отхлебнул вина — раз и другой. Глаза его немного посоловели.

— Вломиться в монастырь — это не шуточки.

— Ничего, будем считать это родовой традицией, — отвечал капитан, подойдя к столу и извлекая из пистолета пыж и пулю. — Слышал я, что мой двоюродный дед[1], человек, пользовавшийся большой из-

---

1 Имеется в виду легендарный Дон Жуан (Хуан де Тенорио), приключениям которого посвящена комедия Тирсо де Молины (Габриэля Тельеса, 1571 или ок. 1583—1648) «Каменный гость, или Севильский озорник» (1616, опубл. 1630).

вестностью во времена императора Карла, тоже взял приступом святую обитель. В Севилье дело было.

Дон Франсиско, оживившись, вскинул голову:

— Да это уж не тот ли озорник, что вдохновил Тирсо?

— Он самый.

— Я и не знал, что вы с ним в родстве.

— Теперь будете знать. Мир тесен, а Испания — тем более.

Очки свалились с носа сеньора Кеведо и повисли на шнурке. В задумчивости он вертел их в пальцах, не торопясь водружать обратно, потом оставил болтаться у алого креста Сантьяго, вышитого напротив сердца, дотянулся до кувшина и одним глотком допил остававшееся там вино, не сводя при этом глаз с капитана.

— Что мне вам сказать на это? Скверно кончил двоюродный ваш дедушка.

III

Мадридские воды

На следующий день мы с капитаном Алатристе и сеньором Кеведо отправились на мессу. Событие в своем роде весьма примечательное — ибо если дон Франсиско, побуждаемый к сему как кровью сантандерских дворян, текшей у него в жилах, так и принадлежностью к ордену Сантьяго, ревностно и неукоснительно соблюдал все обряды, то капитан был весьма слабо привержен и к доминусу, и к вобиску-му[1]. Однако я готов присягнуть, что хотя он в силу особенностей, присущих военному человеку, часто поминал и черта, и дьявола, и душу, и мать, ни разу за все те годы, что был я рядом с ним, не пришлось мне услышать от него хоть словечко против религии — даже когда в таверне «У турка» споры, которые вели его приятели с преподобным Пересом, затрагивали недостойное поведение иных духовных лиц. Алатристе не был усердным прихожанином, однако су-

1 Dominus vobiscum (*лат.*) — Господь с вами.

тану, тонзуру или, скажем, апостольник[1] уважал, как
уважал и достоинство королевской короны, на чьей
бы голове ни красовалась она: не берусь судить, ска-
зывалась ли солдатская привычка к повиновению
вышестоящему или столь свойственное ему стоиче-
ское безразличие, которое, как мне представляется,
и было сокрытым движителем его натуры. Добавлю,
что хоть сам он почти не бывал в церкви, меня, однако, побуждал по воскресеньям и двунадесятым пра-
здникам ходить к мессе в приятном обществе Каридад Непрухи, к зрелым годам сделавшейся, как и все,
кто сильно распутничал в юности, до чрезвычайно-
сти набожной, и не отлынивать от уроков, дважды в
неделю даваемых мне преподобным Пересом: по
настоянию капитана учился я грамматике, начаткам
латыни, катехизису и закону Божьему с тем, чтобы,
по его выражению, никто бы не принял меня за турка или навеки проклятого еретика.

Да-с, такие вот противоречия уживались в душе
Диего Алатристе. Спустя немного времени, во Фландрии, получил я возможность видеть, как перед самым боем, когда капелланы, обходя шеренги, благо-
словляют христолюбивое воинство, капитан скло-
нял голову, а колени — преклонял, и не из показного
благочестия, но исключительно — из уважения к то-
варищам, которые идут на смерть, свято веруя, что
литании и кадильницы помогут. С Богом отношения у него были особые — он не докучал ему славо-
словиями, не обижал святотатственной хулой. Для
него Вседержитель был существом могуществен-

---

1 Головной убор игуменьи.

ным и невозмутимым, которое отнюдь не дергает за
веревочки, заставляя своих кукол плясать на подмо-
стках, именуемых миром, но ограничивается бесстрастным наблюдением за ними. Или, в лучшем случае, с мудростью, непостижимой для актеров, пред-
ставляющих эту человеческую комедию — не
хочется говорить: «для шутов, кривляющихся в этом
фарсе», — приводит в движение поворотный круг
сцены, внезапно открывает крышки коварных лю-
ков — ухнешь туда, костей не соберешь — внезапно
спускает с колосников и выдвигает из-за кулис не-
весть откуда взявшиеся декорации, то загоняя тебя в
безвыходные тупики, то вызволяя из самых отчаян-
ных положений. Существо это вполне могло бы оказаться тем отдаленным перводвигателем, той бесконечно отнесенной от нас по времени причиною
всех причин, о которых однажды вечерком, самую
малость и в виде исключения перебрав сладкого вина, попытался было рассказать своим собутыльни-
кам преподобный Перес, когда вздумал толковать о
пяти доказательствах Святого Фомы[1]. Впрочем, мне
кажется, что капитан был больше склонен оцени-
вать это явление в духе древних римлян и того, что
они, если не вконец позабыл я латынь, препода-
нную мне тем же самым Пересом, называли — *фа-
тум*. Что же, разве не помню я бесстрастно-угрю-
мое лицо Алатристе в те минуты, когда противник
беглым огнем начинал гвоздить из пушек, пробивая
бреши в наших боевых порядках, и товарищи его

---

1   Имеется в виду Фома Аквинский (1225—1274) — философ-
    схоласт и теолог.

осеняли себя крестным знамением, поручая себя
кто Христу, кто — Пречистой Деве и внезапно припоминая затверженные в детстве молитвы, а он произносил «аминь» одновременно с ними, чтобы не
так одиноко было им умирать? Однако холодные
светлые глаза его зорко следили и за накатывающи-
ми волнами неприятельской кавалерии, и за вспыш-
ками мушкетных выстрелов с земляного вала, и за
дымящимися бомбами, которые волчком крутились
по земле, прежде чем рвануть и ослепительной
вспышкой отправить тебя в дыму и пламени черту в
зубы. И еле слышно пробормотанный «аминь» ни к
чему Алатристе не обязывал — чтобы понять это,
достаточно было заглянуть в его сосредоточенные
глаза, увидеть орлиный профиль старого солдата,
внимающего только монотонным раскатам барабанной дроби — такой же неторопливо-ровной, как
размеренный шаг атакующей испанской пехоты
или стук его сердца, бьющегося не чаще, чем всегда.
Ибо Господу Богу капитан Алатристе служил в точности так же, как и своему королю: ему не за что было его любить, нечем в нем восхищаться. Однако
Создатель, так сказать, по должности своей мог рассчитывать на подобающее уважение со стороны капитана. Как-то раз, в жарком деле у речки Мерк, неподалеку от крепости Бреда, случилось мне видеть,
как дрался капитан, отбивая наше знамя и тело нашего бригадного Педро де ла Даги. И я еще тогда понял, что капитан костьми ляжет за этот изрешечен-
ный мушкетными пулями труп — да и меня рядом
положит, — хотя ни полковое знамя, ни павший

смертью храбрых дон Педро ломаного гроша в его глазах не стоят. Да, обладал капитан таким вот обескураживающим свойством — чтил Бога, к которому был совершенно равнодушен, стоял до последнего за то, во что не верил, пьянствовал с врагом и рисковал жизнью ради генерала или короля, которых глубоко презирал.

Итак, мы пошли к обедне, хотя капитан, повторяю, набожностью не отличался. А обедню, как вы, наверно, уже догадливо сообразили, правили в церкви бенедиктинской женской обители — ну да, той самой, расположенной поблизости от королевского дворца и почти напротив монастыря Воплощения, на маленькой площади с тем же названием. Посетить восьмичасовую мессу у бенедиктинок считалось в Мадриде признаком хорошего тона, ибо, во-первых, прихожанкой этой церкви была донья Тереса де Гусман, законная супруга нашего министра Оливареса, а во-вторых, монастырский капеллан дон Хуан Короадо радовал глаз у алтаря и слух — на амвоне. По вышеназванной причине ходили к мессе не только богомольные старухи, но и дамы из общества, увлеченные красноречием красавца-капеллана и примером графини Оливарес, а равно и те, кто, к обществу этому не принадлежа, всеми силами туда рвался. Бывали тут и комедиантки, и девицы легкого поведения — а уж как блюли сии блудные дщери десять заповедей, представить нетрудно, — бывали и молились с большим чувством, просвечивая белилами и румянами сквозь тюлевую дымку покрывал и мантилий и щеголяя кружевами из Прованса и Лотарингии, раз уж брюссельские не по карману. А поскольку туда, где есть дамы — высшего ли разбора, с бору ли по сосенке, — мухами на мед непременно слетятся и кавалеры, то к восьми часам в маленькой церкви народу было, извините за выражение, больше, чем гнид в ослиной попоне: прекрасный пол молился или пускал стрелы Купидона из-за прикрытия вееров, сильный — занимал стратегически выгодные позиции за колоннами или у чаши со святой водой, а орава нищих толпилась на паперти, выставляла напоказ язвы, струпья, гнойники и обрубки рук или ног, потерянных якобы во Фландрии, а то и при взятии Трои, собачилась за лучшие места у самого выхода, разнося на все корки высокородных, но прижимистых сеньоров, которым легче удавиться, чем подать бедняку на пропитание.

Мы же втроем устроились неподалеку от дверей, откуда был нам виден и неф — битком набитый народом и до того узкий, что еще бы немножко — и пришлось бы Иисуса над главным алтарем изобразить не распятым, а повешенным, — и хоры, куда выходили зарешеченные галереи, соединявшие церковь с монастырскими помещениями. Я видел, что капитан, сняв шляпу и перекинув плащ через руку, оглядывает помещение столь же внимательно, как за пять минут до этого — здание монастыря и прилегающий к нему сад. Служба меж тем шла своим чередом, и, когда священник повернулся к пастве, я получил наконец удовольствие лицезреть знаменитого капеллана Короадо, который говорил цветисто и изысканно, а держался весьма уверенно. Было видно, что судьбой он взыскан щедро, не обижен ни красотой, ни силой, что священническое облачение ни тому, ни другому не помеха, равно как и выбритая на макушке тонзура не портит черных, живых волос. Темные глаза брали, что называется, за душу, и нетрудно было представить себе, какое действие должны были они производить на Евиных дочек вообще, и в особенности на монахинь, которым устав возбраняет всякое общение с мирянами, тем паче — противоположного пола. Разумеется, я не мог судить непредвзято, забыв все, что знал о нем и о его распутстве со слов дона Висенте, и, наверно, потому так сильно, до тошноты, раздражало меня, как размеренно, любуясь собой, двигается он, как он красуется, возлагая святые дары на алтарь. Меня даже удивляло, что никто из прихожан не крикнул ему: «Святотатец! Гнусный лицемер!» — напротив, кругом были только просветленные, растроганные лица, а в глазах у многих — дам, разумеется — я заметил восхищение. Что ж, такова она, жизнь, просто я тогда едва ли не в первый, но далеко не в последний раз получил наглядный урок того, сколь часто встречаем мы по одежке, судим по внешности, а она ох как обманчива. Понял я тогда, что и любую гниль можно прикрыть личиною благочестия, милосердия, порядочности, а потому обличать негодяев, не имея доказательств, нападать на них с голыми, так сказать, руками, слепо доверять торжеству правосудия и убеждать себя в том, что истина непременно восторжествует — значит кратчайшим путем следовать к собственной погибели, тогда как супостаты твои, благодаря деньгам ли, связям, выйдут из воды сухими. И еще один урок усвоил я довольно рано: с сильными мира сего силой — ну, или чем другим — лучше не мериться, ибо почти наверняка в состязании этом ты проиграешь. Куда вернее — затаиться и выжидать, песен-плясок не устраивая, покуда время или случай не подведут противника под твою пулю или клинок, ибо у нас в Испании, где все мы рано или поздно сходимся на узкой дорожке, поединок — самое милое дело. И самое верное. А уж если и оно не выгорит — запасись терпением, пусть последнее слово останется за Господом Богом: уж он-то стасует колоду и раздаст что кому причитается.

— Поглядите налево — там еще одна галерея, — прошептал дон Франсиско. — За решеткой.

Капитан Алатристе, смотревший на алтарь, выждал немного и чуть повернул голову в направлении, указанном поэтом. Я проследил его взгляд и различил в торце галереи, соединявшей церковь с монастырем, черные и белые чепцы монахинь и послушниц, смутно видневшиеся за частым переплетением железных прутьев: мало того — внешне строгий устав снабдил двери еще и длинными острыми гвоздями, имеющими целью воспрепятствовать кому бы то ни было постороннему подойти ближе, чем предписывали правила. Узнаю тебя, отчизна-мать: нравы царят суровые, всякий церемониал соблюдается неукоснительно, разного рода предупредительных гвоздей и заградительных решеток понатыкано везде во множестве: нет, ну вы подумайте — когда несчастья в Европе на нас так и сыпались, кастильские кортесы не нашли ничего лучше и уместнее, как обсуждать догмат непорочного зачатия! — а среди всего этого плутоватые клирики и бессовестные чиновники, монашки, не имеющие к затворничеству ни малейшей склонности, судьи, толкующие право вкривь и вкось, знать, ничего не желающая знать, и всякая прочая подлая тварь обирали несчастное наше отечество до нитки, обдирали, как липку, так что Испания — хороша владычица полумира! — сделалась сущим вертепом, разбойничьим притоном, раем для фарисеев, сводников и доносчиков, торжищем, где совесть продавали открыто, а честь не только марали, но и до дыр снашивали. И ничего нельзя было поправить, ибо в нашей стране подлость через край хлестала, а хлеба не хватало.

— Ну, что скажете, капитан?

Кеведо произнес эту фразу тихо, еле разжимая зубы и улучив момент, когда причт затянул «Верую». В одной руке держал он шляпу, другой сжимал эфес шпаги, а глядел прямо перед собой и с очень сосредоточенным видом, по мере сил прикидываясь, что самозабвенно внимает литургии.

— Трудно, — отвечал Алатристе.

Глубокий вздох поэта потонул в звуках «Deum de Deo, lumen de lumine...», который хором завели прихожане. Тут увидел я в отдалении старшего сына дона Висенте — того самого, кто благодаря предательскому поведению кота обнаружил, что их с капитаном беседу подслушивают: он прятался за

колонной, стараясь не привлекать к себе внимания
и оставаться незамеченным, в точности как вор-
карманник в толпе канцелярской шушеры. Лицо он
закрывал полой плаща и глядел на зарешеченную
галерейку. «Там ли сейчас Эльвира де ла Крус? —
спросил я себя. — И может ли она видеть брата?»
Чтение рыцарских романов, простительное юнцу
моих лет, даром не прошло — воображение нари-
совало мне эту прекрасную, неведомую страдалицу,
томящуюся в заточении, ожидающую вызволения.
Как нескончаемо долги были часы, проводимые в
келье в ожидании условного знака, послания, пере-
данного на словах или в записочке: дескать, спасение близко, готовься. Воображение разыгралось не
на шутку, и я, сам чувствуя себя героем романа — в
конце концов, слепой случай и меня подвиг к учас-
тию в этом предприятии, — напрягал зрение, силясь разглядеть Эльвиру за решеткой, которая от-
деляла ее от мира, так что вскоре мне показалось,
что я различаю белую руку, пальцы, на мгновение
ухватившиеся за переплет железных прутьев. Довольно долго пялился я, разинув рот и ожидая, не
мелькнут ли они снова, пока Алатристе незамет-
ным для других подзатыльником не привел меня в
чувство. Лишь тогда я очнулся и смотреть стал вперед. Тут как раз капеллан, повернувшись к нам, воз-
гласил: «Dominus vobiscum», и я, не сводя неморга-
ющих глаз с лицемера, ответил «Et cum spiritu tuo» с
таким благочестивым жаром, что бедная моя ма-
тушка, случись она в эту минуту здесь, порадова-
лась бы за меня.

Прозвучало «ite misa est»[1], мы вышли на улицу, залитую солнцем, ярко освещавшим герани и тмин, которые монашки обители Воплощения выращивали на подоконниках своих келий. Дон Франсиско приотстал, поскольку то и дело вступал в беседу с бесчисленными знакомыми дамами и их спутниками — весь Мадрид числил он в своих друзьях либо недругах, — однако не выпускал нас с капитаном из поля зрения; мы же неторопливо шагали вдоль глинобитной ограды монастырского сада. Я заметил, что капитан с тем же вниманием, с каким, должно быть, выискивал некогда бреши в стенах неприятельских бастионов, рассматривает маленькую, изнутри запертую калитку, а также стоящую на углу тумбу, с помощью которой при известной ловкости можно перебраться через стену, имевшую футов десять высоты. Она его крайне заинтересовала — сужу по тому, что он характерным движением пригладил двумя пальцами усы, а это неизменно либо означало глубокое раздумье, либо показывало, что кто-то допек его всерьез, терпение истощилось и пора браться за шпагу. В этот миг нас обогнал старший сын дона Висенте — шляпа его была низко надвинута на глаза, а сам он никак не показал, что знаком с нами. По тому, как шел, как сторожко озирался дон Херонимо, понял я, что и он проводит рекогносцировку монастырского сада.

Вслед за тем имело место небольшое происшествие, о котором я упоминаю исключительно потому, что оно дает известное представление о кое-ка-

1   Ступайте, месса окончена (*лат.*).

ких свойствах и качествах Диего Алатристе. Мы остановились, капитан принялся что-то там поправлять в своей сбруе, а на самом деле желая вблизи рассмотреть, как запирается калитка, — и тут с нами поравнялись две парочки, тоже вышедшие с мессы: двое изящнейших молодых людей и две простенькие, хоть и очень миловидные девицы. Один из кавалеров — в бархатном, кружевами и лентами отделанном колете с прорезными рукавами и с серебряной лентой на шляпе — наткнулся на меня и весьма неучтиво отшвырнул в сторону, обозвав притом нехорошими словами. Случись такое года через два, за подобную выходку этот щеголь во всем его великолепии поплатился бы ударом кинжала в пах, и его счастье, что я по малолетству кинжал в ту пору не носил, хотя уже очень скоро, во Фландрии, мне выйти без него было — что без штанов. Однако это будет потом, а пока, не имея возможности достойно ответить, я вынужден был безропотно глотать обиды, если только не вступался за мою честь Диего Алатристе. Именно так и произошло на сей раз, а я получил богатую пищу для размышлений о том, как при всем своем угрюмстве и замкнутости относился он ко мне на самом деле. Скажу еще, дабы развеять ваши, господа, сомнения, что после памятных пистолетных выстрелов, прогремевших некоторое время назад у Приюта Духов, были, были у капитана основания относиться ко мне хорошо.

Ну-с, так или иначе, увидев, как отлетел я от толчка, он — медленно и очень спокойно, с той ледяной невозмутимостью, которая знавшим его объ-

ясняла убедительней всякого громогласного много-
глаголанья, что им самое время отступить на три
шага, обнажить шпагу и стать в позицию — повернулся и произнес, обращаясь вроде бы ко мне, но
пристально глядя при этом на франтика:

— Черт возьми, Иньиго, этот *кобельеро*, видно,
обознался и спутал тебя с каким-нибудь шалуниш-
кой из числа своих знакомых.

Я молчал — что уж тут можно было сказать?
Франтик же почел себя задетым и остановился. Он
явно принадлежал к числу тех, кому, как гласит по-
говорка, и собственная тень служит зеркалом. Заслышав капитаново «Черт возьми», он опустил белую руку, украшенную здоровущим золотым перст-
нем с бриллиантами, на эфес шпаги, а при слове
«кобельеро» забарабанил по крестовине пальцами.
Надменным взглядом смерил Алатристе сверху донизу, но когда сии замеры были произведены, то, надо признаться, сочетание исцарапанной чужими
клинками чашки, шрамов на лице и холодных глаз
под широкополым фетром произвело на него должное впечатление и поубавило ему спеси. Тем не менее он продолжал хорохориться.

— Ну а если я ничего не спутал и сказал именно
то, что хотел? Тогда что? — произнес он довольно
уверенным тоном, что, конечно, делает ему честь,
однако от внимания моего не укрылись едва замет-
ное колебание и взгляд, искоса брошенный им на
спутников.

В те времена человек для сохранения своего, как
говорят французы, *реноме* шел на смерть — проща-

лось все, кроме трусости и бесчестья. Честь почиталась исключительным достоянием благородного человека, который не в пример простолюдину, несшему все бремя податей и налогов, не работал и ничего в казну не отдавал. Но знаменитая честь героев Лопе, Тирсо и Кальдерона была лишь отзвуком минувших времен — безупречные рыцари встречались все реже, зато изобиловали мошенники и проходимцы всех видов и сортов. Так что преувеличенное значение, придававшееся чести и бесчестью, отчасти помогало править не такое уж легкое ремесло — жить, рук не мозоля и податей не платя.

Капитан очень медленно пригладил двумя пальцами усы и без малейшей заминки, но и не слишком размашистым движением той же руки высвободил из-под плаща рукояти шпаги и кинжала, висевшего сзади и слева.

— Тогда что? — с чрезвычайной сдержанностью переспросил он. — Тогда есть большая вероятность повстречать того, с кем вы, господа, спутали моего пажа. Если, конечно, соблаговолите прогуляться со мной к Пуэрта де ла Вега.

А расположенная невдалеке Пуэрта де ла Вега была одним из тех мест за городской чертой, где происходила уплата долгов чести. Эти слова, равно как и шпага с кинжалом, предъявленные без околичностей и недомолвок, возымели должное действие. Не осталось незамеченным и множественное число, употребленное капитаном и означавшее, что повеселиться приглашают и второго вертопраха. Девицы, в силу принадлежности своей к слабому и прекрасному полу избавленные от опасности быть действующими лицами, вздернули бровки, готовясь насладиться ролью избранных зрительниц. Второй же красавец — он тоже был разодет по самой последней моде, которая в числе прочего подразумевала широченную пелерину и янтарного цвета перчатки, — поначалу следивший за разговором с пренебрежительной улыбкой, при словах Алатристе улыбаться перестал. Сами понимаете: рука об руку с приятелем демонстрировать дамам свой нрав, вспыльчивый и неукротимый, несдержанность речей и поступков — это одно, а нарваться на человека, который в самом буквальном смысле не говоря худого слова, ни чуточки не бравируя, намерен немедленно взяться за дело, а взявшись, довести его до конца, — совсем другое. Этот вояка знает толк в смертоубийстве, явно подумал вертопрах и, почуяв нешуточную опасность, счел бы уместным под благовидным предлогом ретироваться. Судя по тому, как побледнел мой обидчик, он полностью разделял мнение своего спутника, однако находился в положении более деликатном, ибо наговорил лишнего, а ведь известно — слово не воробей, вылетит — не поймаешь, а вот ты смотри, как бы не поймать дюйма четыре отточенной стали.

— Мальчик не виноват, — высказался наконец второй.

Как истинный дворянин, говорил он твердо и спокойно, однако с явными примирительными нотками: ясно было, что он стремился и сам, фигурально выражаясь, остаться на бережку, и спутнику своему дать возможность отступить с честью, ибо после прогулки к Пуэрта де ла Вега разрезными стали бы не только рукава, но и грудь его колета. Я видел, как ухватившиеся за эфес пальцы разжались и снова стиснулись. Он колебался. Все-таки численный перевес был на их стороне, и улови он в голосе или повадке Алатристе хоть тень смятения или тревоги, попер бы напролом, и поединок был бы неизбежен. Но в ледяной сдержанности капитана, в его неподвижности и немногословии, в полнейшем бесстрастии внятно слышался совет всем и каждому быть с ним поосторожней. Я читал в душе своего обидчика, как в открытой книге: «Если человек нарывается на ссору с двумя хорошо вооруженными незнакомцами, он либо сумасшедший, либо слишком уверен в себе и своей шпаге». Оба соображения относились к числу тех, от которых не поздоровится. Однако этот франтик обладал все же достаточной отвагой. Он предпочел бы уладить дело миром, но желал также сохранить достоинство и оттого лишнее мгновение выдерживал взгляд капитана и лишь потом отвел глаза, словно бы в первый раз увидав меня:

— Я тоже думаю, что мальчик был не виноват, — проговорил он наконец.

Дамочки заулыбались — не без разочарования, ибо лишались увлекательного зрелища, — а спутник вздохнул с облегчением. Ну а мне было безразлично, извинился вертопрах или нет: как зачарованный, рассматривал я чеканный профиль капитана Алатристе, густые усы и невыбритый в то утро подбородок, шрамы на лбу, светлые, ничего не выражающие глаза, устремленные в такую даль, где только он один и мог различить что-нибудь. Потом я перевел взгляд на его обтрепанный, во многих местах залатанный колет, на ветхий плащ и простую пелерину, стираную-перестираную Каридад Непрухой, увидел, как играет солнечный луч на крестовине шпаги и рукояти кинжала, и подумал, что могу почитать себя вдвойне взысканным судьбою — этот человек был другом моему отцу и стал моим другом, способным полезть за меня в драку. Да нет, в сущности, не за меня, а за самого себя, ибо и война, где сражался он под знаменами их величеств, и клиенты, в аренду которым сдавал свой клинок, и друзья, ради которых брался за опасные дела, и встреченные на улице щеголи, распускающие язык, и даже я сам — все это было только предлогом для того, чтобы, как сказал бы дон Франсиско, издали почуявший, что пахнет жареным и поспешивший к нам на помощь, полезть в драку ради самой драки — в нарушение Господних заветов и наперекор всему. Что ж, как бы то ни было, я по одному слову капитана Алатристе — да и безо всяких слов: хватило бы улыбки или кивка — последовал бы за ним и в адское пекло. И невдомек мне было, что именно туда я и направляюсь.

Я, помнится, уже толковал вам об Анхелике де Алькесар. По прошествии лет, когда стал я солдатом, а потом много кем еще — в свое время будет вам поведано все по порядку — на пути моем встречалось немало женщин. Нет у меня склонности ни к сальной похвальбе за трактирным столом, ни к светлой гру-

Мадридские воды

сти о былом, так что, раз уж к слову пришлось, скажу, чтоб на том и покончить, что скольких-то я любил и вспоминаю их иногда с нежностью, иногда — с безразличием, а чаще всего — с улыбкою сообщника, и, по крайнему моему разумению, на большее и не может рассчитывать уважающий себя мужчина с тощим кошельком и крепким здоровьем, вышедший из череды сладостных этих встреч целым и невредимым. Но честью уверяю вас, господа, что всех женщин, пересекавших мой жизненный путь, Анхелика де Алькесар, племянница личного королевского секретаря, превосходила красотой, умом, соблазнительностью, а уж в коварстве равных себе не имела и подавно. Вы, пожалуй, возразите на это, что столь сокрушительное действие она оказывала на меня лишь в силу нежного моего возраста — ибо к тому времени, как развернулись события, всего лишь год пребывал я в Мадриде, и мне еще не исполнилось четырнадцати, — но возражение ваше я не приму. И позднее, когда уже повидал я кое-какие виды, а Анхелика стала женщиной в полном смысле слова, чувства мои сохранили первозданную свежесть. Это было то же, что любить дьявола, зная, кто он такой. Я же, сдается мне, без памяти влюбился в нее, еще когда была она девочкой, но в довершение бед обрушилась на меня, поверьте, не та скоропреходящая, не находящая себе выхода страсть, когда не разбираешь, где сон, где явь, где отроческие фантазии, а где — существо из плоти и крови. Нет, мой случай был иным — я день и ночь пребывал в каком-то странном восторге, подобном лишь тому, что испытываешь над краем бездны, которая и притягивает тебя, и ужасает. Лишь потом, много времени спустя — история с монастырем бенедиктинок и задушенной женщиной была лишь первой станцией на крестном этом пути — узнал я, какие мысли и замыслы роились в головке, украшенной золотисто-пепельными локонами, что таили в себе синие глаза этой девочки лет одиннадцати-двенадцати, по милости которой я столько раз ставил на карту и честь свою, и самую жизнь. И все равно — я любил ее до конца. И даже теперь, когда Анхелики де Алькесар, равно как и всех прочих, давно уже нет на свете, когда существует она лишь в памяти моей, клянусь Богом и всеми демонами ада — где, без сомнения, горит она сейчас, — что продолжаю любить ее. Порою память грызет так нестерпимо, что милы становятся даже старинные враги — и я отправляюсь туда, где висит ее портрет, написанный Диего Веласкесом, и по целым часам молча всматриваюсь в лицо Анхелики, сознавая, что сути ее так и не постиг. Но в сердце своем, иссеченном рубцами, — не по ее ли, кстати, милости? — храню я святую веру, что и эта девочка, эта женщина, причинившая мне столько зла, тоже любила меня до самой смерти — пусть и на свой манер.

Однако все это еще предстояло узнать. А в то утро, когда я следовал за ее каретой до самого ручья Асеро, для чего пришлось по Сеговийскому мосту перейти на другой берег Мансанареса, Анхелика оставалась для меня завораживающей тайной. Вы, наверно, помните — несколько раз в неделю проезжа-

ла она в карете по улице Толедо, направляясь в королевский дворец, где служила во фрейлинах или, по-
нашему говоря, — в *менинах*. Дом на углу улиц Энко-
мьенда и Эмбахадорес принадлежал старому марки-
зу де Ортиголасу до тех пор, пока одна комедиантка
из «Корраль де ла Крус» не выпотрошила его, как и
мясную тушу на бойне не потрошат, после чего дом
пришлось продать, чтобы заимодавцам кость бросить. И теперь там жила моя любовь со своим холос-
тым дядюшкой, Луисом де Алькесаром, у которого,
помимо властолюбия, утоляемого высоким положением при дворе, была только одна слабость — эта
вот племянница-сиротка, дочь его сестры, в двадцать
первом году погибшей вместе с мужем при корабле-
крушении на пути из Индий.

И я по обыкновению смотрел, как проезжает ее
запряженная парой мулов карета мимо таверны «У
Турка», а порой шел следом до Пласа-Майор, а то и
до самого дворца. Наградой служил переворачива-
ющий все нутро взгляд синих глаз, которым иногда
она меня удостаивала, прежде чем вновь рассеянно
устремить его в окошко или обратить на дуэнью —
тощую и облезлую, как кошелек школяра, даму с ук-
сусно-кислым лицом.

Как вы, должно быть, помните, мне уже случалось во время достопамятного приключения с англичанами обменяться с Анхеликой несколькими
словами, и я подозревал, что именно она вольно или
невольно помогла подстроить ловушку в театре
дель Принсипе, откуда капитана Алатристе просто
чудом не вынесли ногами вперед. Однако разве вла-

стны мы, хочется спросить, над любовью своей или ненавистью? И потому плёлся я за белокурой девочкой как зачарованный, а мысль о том, что всё это — лишь игра да притом — дьявольски опасная, — пуще прежнего распаляла моё воображение.

В то утро, погожее и сияющее, проследовал я за каретой до самых Гвадалахарских ворот, до площади Вилья, а оттуда, вместо того, чтобы ехать к Алькасару, кучер погнал мулов вниз и свернул на Сеговийский мост через мелкую речку, неизменно дарившую вдохновение шутливого и насмешливого рода нашим поэтам: даже изысканнейший и изощреннейший стилист-культеранист дон Луис де Гонгора — да простит меня за это упоминание дон Франсиско де Кеведо — почтил Мансанарес таким двустишием:

> Осёл допил до дна, потом изверг наружу:
> Он жажду утолил и напрудил нам лужу.

Впоследствии я узнал, что несколько последних дней Анхелике нездоровилось, и доктор рекомендовал ей побольше гулять в роще и на лугу, примыкавшим к так называемому Герцогскому саду — а равно и пить из знаменитого ручья Асеро железистую воду, известную своими целебными свойствами и, в частности, просто незаменимую для дам, страдающих несварением.

Анхелике в силу нежного её возраста подобные хвори были ещё не страшны, однако свежий лесной воздух и солнце должны были пойти ей на пользу. Туда-то и направлялась она в карете с дуэньей, я же следовал за ними на известном расстоянии. За мостом, на другом берегу Мансанареса прогуливались по аллеям дамы и кавалеры. Недавнее мое рассуждение относительно церквей, куда вслед за дамами набивалось множество кавалеров, справедливо и по отношению ко всему тогдашнему Мадриду, а у источника Асеро особы прекрасного пола с дуэньями и без встречались в изобилии, так что и там передавались записочки, звучали признания, назначались любовные свидания, а где любовь — там и ревность, и потому нередко следовали за резкостями и колкостями режущие и колющие удары. Дело-то все в том, что в Испании нашей, которая была и остается страной лицемерной, погрязшей в тине условностей и внешних приличий, бесконечно озабоченной тем, «что люди скажут», мужья и отцы до такой степени оберегают честь жен и дочерей, что держат их взаперти, и оттого невиннейшие в сущности досуги — к мессе сходить или выпить воды из целебного источника — дают счастливую возможность завести интрижку, затеять любовное приключение и прочее, в том же роде.

Дабы приблизить миг желанной встречи скорой,
я отведу глаза ревнивому папаше:
Дабы не вызнал он заветной тайны нашей,
Пожалуюсь, что, мол, страдаю от запора.

Надеюсь, что сумел объяснить, каким пламенем рыцарства, какой жаждой подвигов объята была юная моя душа, покуда следовал я за каретой прекрасной Анхелики к этому в высшей степени примечательному месту, жалея о том лишь, что по малолетству лишен возможности носить на боку и пускать в дело меч, дабы рубить головы возможных соперников. О, даже в самых смелых мечтах не мог я предположить, что возможность сия мне со временем представится, что все сбудется в точности так, как мерещилось мне в чаду отроческого воображения. Но когда пришел час пролить кровь за Анхелику де Алькесар и я сделал это, мы с ней были уже не дети. И убивал я не понарошку.

Черт возьми, вечно я перескакиваю с пятого на десятое, забегаю вперед, теряя нить своего повествования. Вернемся к нему и вспомним главное — восторг от лицезрения возлюбленной заставил меня совершить некую оплошность, которая чуть погодя обошлась мне дорого. С того дня, как посетил нас дон Висенте де ла Крус с сыновьями, стал я замечать, что вокруг нашего дома мельтешат подозрительные личности. Да нет, ничего особенного — просто эти двое-трое прежде не появлялись на улице Толедо, не захаживали в таверну «У Турка». Казалось бы, ну так что с того — поблизости, на Кава-Баха и на других соседних улицах всегда толклось множество пришлого и заезжего народа. Однако в то утро увидел я такое, что — если бы не долгожданное появление Анхелики — заставило бы меня призадуматься и о чем некоторое время спустя появилась у меня отличная возможность поразмыслить без помех, сообразить, как же занесло меня в то зловещее место, где я оказался. И не по своей воле.

Проще говоря, воротившись с мессы, я остался у дверей таверны, а капитан двинулся дальше — на

Мадридские воды

улицу Корреос, где помещался почтамт. И в тот миг, когда Алатристе уже отошел довольно далеко вверх по улице Толедо, двое незнакомцев, до этого с невинным видом прогуливавшихся меж фруктовых лотков, перекинулись вполголоса несколькими словами, а затем один тронулся за капитаном следом, держась от него на известном отдалении. Я наблюдал за ними, размышляя, случайность это или слежка, но появление Анхелики начисто вымело у меня из головы все посторонние мысли. А напрасно, ибо возможно ли было не почуять недоброе при виде этих усищ от уха до уха, этих низко нахлобученных шляп, этих плащей, приподнятых сзади кончиками шпаг, этой походочки с развальцем? Так с горькой, но запоздалой досадой недоумевал я немного погодя, когда времени для праздного сетования оказалось у меня предостаточно. Однако Господь, или дьявол — или кто там еще неустанно, одну за другой отпускает по нашему адресу тяжеловесные шутки, составляющие бытие человеческое? — очень любит смотреть, как из-за собственного нашего недосмотра, высокомерия либо невежества разгуливаем мы по лезвию бритвы.

Она была хороша, как мятежный ангел до своего низвержения с небес. Карета остановилась под тополями, окаймлявшими дорогу, и Анхелика прохаживалась в окрестностях источника. Она по-прежнему носила локоны, а синее камлотовое платье ее казалось куском безоблачно ясного неба, на котором по ту сторону реки так четко вырисовывались мадридские крыши и шпили, старинная стена и громада королевского дворца. Привязав лошадей, кучер присоединился к зубоскалящим в кружок собратьям по ремеслу, а дуэнья отправилась зачерпнуть воды из знаменитого источника. Анхелика на какое-то время осталась одна, и сердце мое заколотилось, когда я еще издали увидел, как грациозно приседает она при встрече с другими юными дамами, пившими под деревьями прохладительное, как принимает предложенное ей угощение, украдкой поглядывая на свою дуэнью. Все на свете — включая юность свою вкупе с иллюзиями — отдал бы я в тот миг, чтобы из смиренного мальчишки-пажа превратиться в одного из тех блестящих — или желавших казаться таковыми — кавалеров, которые прогуливались поблизости, покручивали усы при виде дам, вступали с ними в беседу, в одной руке держа шляпу, а другой изящно упершись в бедро или навершие эфеса. Впрочем, хватало возле источника и людей низкого звания, и очень скоро постиг я, что в наше время — как и в любое другое — не все то золото, что блестит, и что немало прощелыг и проходимцев, обуреваемых тщеславием или корыстью, ошивается здесь, и даже иудей или мавр, выучившись с грехом пополам грамоте, освоив неспешную значительность речей, наделав долгов, сев верхом, опоясавшись шпагой, мог — ну, если не стать, так прослыть истинным кабальеро. Однако был я в ту пору отнюдь не стреляным воробьем, а желторотым птенцом, и так недолго еще жил на свете, что всякий, кто носил плащ и шпагу, каждая, кто щеголяла в манти-

Мадридские воды

лье и кринолине, казались мне высокородными сеньорами.

Поблизости гарцевали несколько всадников, показывая свое искусство выездки дамам или девицам, на чье внимание претендовали, и всеми силами души возмечтал я быть таким, как они, и осадить кровного жеребца в нескольких шагах от Анхелики — она в это время углубилась в рощу и, с удивительной грацией придерживая подол, шла меж кустов папоротника вдоль аллеи. Мне показалось, что она внимательно смотрит куда-то себе под ноги, и, подойдя поближе, я увидел — Анхелика идет следом за длинной вереницей деятельных и деловитых муравьев, которые двигались и перестраивались с отчетливостью немецких ландскнехтов. Я, совсем позабыв про осторожность, сделал еще два шага вперед, и сухая ветка хрустнула у меня под каблуком. Девочка вскинула глаза и увидела меня. Нет, не так — синева неба, платья, взгляда окружила меня теплым облаком, и голова моя пошла кругом в точности, как бывало в таверне «У Турка», когда пары пролитого на стол вина вдруг производили на все пять моих чувств оглушительное действие, и мир медленно и плавно отъезжал куда-то вдаль.

— Я тебя знаю, — произнесла она.

Анхелика не улыбнулась, и мое внезапное появление, судя по всему, не удивило и не рассердило ее. Она рассматривала меня с нескрываемым любопытством и очень внимательно — так смотрит мать или старшая сестра, прежде чем сказать: «Знаешь, а ты подрос немного», или «У тебя голос ломается». Поскольку в тот день я, к счастью, был в старом, но чистом колете без заплат и вполне пристойных штанах, а капитан приучил меня чисто мыть лицо и уши, я постарался выдержать этот осмотр бестрепетно, а одолев в краткой борьбе свою застенчивость, сумел даже послать Анхелике ответный взгляд.

— Меня зовут Иньиго Бальбоа.

— Это мне известно. Ты ведь друг этого капитана... как его?.. Тристе? Батисте?

Она говорила мне «ты», что можно было расценить и как пренебрежение, и как приязнь. Однако назвала меня другом капитана — не пажем и не слугой. И вдобавок умудрилась запомнить, кто я такой. В других обстоятельствах упоминание имени «Алатристе» или моего собственного племянницей Луиса де Алькесара отнюдь не тешило бы мое тщеславие, а послужило бы сигналом опасности, но я пребывал в таком упоении, что возликовал, словно меня пожаловали чином или титулом. Анхелика сохранила в памяти мое имя, а с ним вместе — какой-то кусочек моей жизни, которую я готов был всю без остатка сложить к ее ногам, глазом не моргнув, отдать за нее. Не знаю, поймете ли вы мое замысловатое сравнение, но я чувствовал себя, как будто меня проткнули кинжалом — ты жив, покуда он в тебе, и умрешь, как только извлечешь его из раны.

— Приехали выпить воды из целебного источника? — спросил я для того лишь, чтобы нарушить молчание, которое от пристального ее взгляда становилось просто невыносимым.

Она очаровательно сморщила носик:

— Я ем слишком много сладкого.

И беспечно передернула плечами, показывая, что считает это сущим вздором, а потом взглянула туда, где возле источника ее дуэнья вела неспешную беседу с какой-то приятельницей.

— Чепуха все это, — добавила она пренебрежительным тоном.

Я сообразил, что Анхелика де Алькесар не слишком высокого мнения о драконе, охраняющем ее, равно как и о рекомендациях лекарей, которые своими кровопусканиями и снадобьями уморили больше народу, чем севильский палач.

— Полагаю, вы правы. Всякому известно, что сладкое полезно для здоровья, — отвечал я учтиво, решив блеснуть познаниями, полученными в таверне от аптекаря Фадрике. — Оно препятствуют разжижению крови и приводит нас в доброе расположение духа... Доказано, что медовый пончик, коврижка или, скажем, засахаренные фрукты больше способствуют очищению желчновыводящих протоков, чем ведро воды из этого источника...

Тут я замолк, не решаясь углубляться в эту материю, ибо далее сведения мои не простирались.

— У тебя забавный выговор, — молвила Анхелика.

— Баскский. Я родом из Оньяте.

— Ну да, все баски глотают слова...

Она засмеялась. Если бы я не боялся, что это прозвучит непомерным преувеличением, то сказал бы — смех ее звенел серебряным колокольчиком. Точно такие вешают в день праздника Тела Господня на дверях лавок у Гвадалахарских ворот.

— Да, водится за нами такое, — согласился я не без внутренней досады, хотя прежде вроде не замечал этого. — Оньяте — это в провинции Гипускоа.

Мне до смерти хотелось поразить ее чем-нибудь, да только чем же ее поразишь? С туповатым упорством я вознамерился было развить тему сладкого и его благотворного воздействия на организм и потому с нарочитой значительностью произнес:

— Те же, чья натура предрасположена к меланхолии...

Но осекся — рядом возник крупный бурый пес легавой породы, бежавший по своим собачьим делам, и я, не успев даже сообразить, что делаю, в безотчетном, так сказать, побуждении заслонил от него Анхелику. Лягаш отступил без боя, как некогда лев перед Дон Кихотом, девочка же снова, как в самом начале, с любопытством оглядела меня:

— Что ты знаешь о моей натуре?

В голосе ее позванивала нотка вызова, а нестерпимо синие глаза сделались очень серьезны и совсем утратили свое детское выражение. Я засмотрелся на ее полураскрытый рот, на нежно округленный подбородок, на пепельные спирали локонов, спускавшихся на плечи, покрытые зубчатыми брабантскими кружевами. Потом сглотнул слюну и ответил как можно более непринужденно:

— Пока ничего. Знаю только, что готов умереть за вас.

Не могу ручаться, что, сказавши это, не залился густой краской, однако есть на свете такие слова, которые должны быть произнесены: а не произнесешь их — будешь себя всю жизнь грызть с досады. Хотя случается порой и наоборот, и жалеешь как раз о том, что слетело у тебя с языка.

— Умереть, — повторил я.

Воцарилось молчание продолжительное и сладостное. Держа в руке склянку с целебной водой, к нам уже направлялась дуэнья, белым чепцом и черным одеянием похожая на зловещую галку. Дракон готовился вновь вступить в обладание вверенным ему сокровищем, я же, смешавшись, предпочел удалиться. Но Анхелика продолжала разглядывать меня так пристально, словно хотела прочесть мои мысли. Потом проворно сняла с шеи золотой медальончик на тонкой цепочке и сунула мне в руки, шепнув:

— Может, когда-нибудь и сбудется твое желание.

Она по-прежнему не сводила с меня загадочного взора. И в этот миг ее детские уста осенила улыбка, казалось, вобравшая в себя все сияние испанского неба, которое бездонной своей синевой могло бы соперничать лишь с ее глазами, — улыбка, полная такого невыразимого совершенства и очарования, что мне и вправду тогда захотелось со шпагой в руке погибнуть за нее, как за короля, отчизну и знамя погиб во Фландрии мой отец. Что ж, подумал я, в конце концов, у отца и сына — судьба едина.

IV

Приступ

Где-то в отдалении четырежды пролаяла собака, и снова все стихло. Капитан Алатристе, подтянув тяжелый пояс со шпагой, кинжалом и пистолетами, смотрел, как лунный диск вот-вот наколется на шпиль монастырской колокольни. Потом оглядел из конца в конец тонущую в полумраке площадь Энкарнасьон. Все было спокойно.

Он оправил нагрудник из буйволовой кожи, откинул назад полы епанчи, и, тотчас, словно это движение послужило условным знаком, три темные тени: две — с одной стороны, одна — с противоположной, — выскользнули на площадь, сойдясь у ограды монастыря. Свет, мерцавший в окне одной из келий, погас и через мгновение вспыхнул снова.

— Она, — прошептал дон Франсиско.

Он стоял, привалясь к стене, в черном с головы до пят, и трезвый как стекло, хотя ночь выдалась холодная, в самый бы раз погреться: но нет — Кеведо,

как он выразился, желал сохранить твердость руки.
Было так темно, что я лишь по звуку определил —
поэт наполовину вытащил шпагу и медленно вдвинул ее назад, проверяя, легко ли ходит она в ножнах. Зато слышал, как он бормочет сквозь зубы свои стихи:

> Души моей смятенье не смиряя,
> Ночная тьма не дарит мне покой...

И я еще мельком подумал: дон Франсиско этим способом желает унять свою тревогу или же он и в самом деле наделен таким хладнокровием, что мог бы сочинять стихи даже в преисподней? Но так или иначе момент не благоприятствовал тому, чтобы оценить по достоинству очередной перл нашего гения. Я не спускал глаз с капитана, еле различая его профиль под широкополой шляпой — ложившаяся от нее тень была так густа, что казалась черной полумаской. На другом конце площади неподвижно и безмолвно стояли три темные фигуры. Снова — на сей раз дважды — пролаяла собака, и со склона Каньос-дель-Пераль, словно отзыв на пароль, донеслось приглушенное ржание мулов, запряженных в карету. Тогда Диего Алатристе обернулся ко мне, и в лунном свете блеснули его глаза.

— Ну, с Богом! — сказал он.

И положил мне руку на плечо. Я глубоко вздохнул и двинулся через площадь — прямо к волку в пасть, — спиной чувствуя взгляд капитана и слыша только что сочиненные стихи, которыми напутствовал меня дон Франсиско:

Блажен юнец, что, над землею взмыв...

Сердце мое билось так же сильно, как утром, когда я оказался рядом с Анхеликой. А может быть — еще сильней. В горле стоял ком, желудок сводило нестерпимо, в ушах не смолкал надрывный рокот каких-то странных барабанов, и вот в таком-то виде миновал я три темных фигуры — дон Висенте и его сыновья стояли у ограды, поблескивая лезвиями шпаг.

— Поторопись, мой мальчик, — шепнул старик.

Я молча кивнул и прошел вдоль стены до угла, где стояла тумба. Там украдкой перекрестился, вверяя себя тому самому Господу, чью обитель намеревался осквернить наглым вторжением. Потом без труда взлетел на тумбу — в ту пору я был ловчей мартышки, — ухватился за гребень стены, подтянулся на руках и вскарабкался наверх. Потом распластался на стене, стараясь, чтобы мой силуэт не слишком выделялся в лунном сиянии. Итак, слева от меня остались улочка, маленькая площадь и три фигуры моих сподвижников, а справа простиралось темное безмолвие монастырского сада, через равные промежутки времени оглашаемое стрекотом полуночницы-цикады. Прежде чем двинуться дальше, я дождался, когда кровь перестанет с такой силой стучать в висках, и тут, выскользнув из-за ворота, звякнул о камень медальончик на цепочке, который подарила мне Анхелика де Алькесар. Давеча я несколько часов кряду рассматривал его — судя по всему, он был старинной работы и покрыт внутри непонятными и загадочными письменами:

Приступ

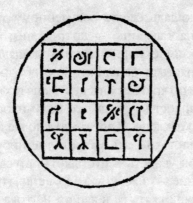

Я снова сунул его на грудь, под сорочку, стиснул в кулаке, надеясь, что амулет принесет мне удачу — без нее в затеянном нами деле никак было не обойтись. Ветви яблони коснулись моего лица, а потом я повернулся, повис на стене, разжал руки и спрыгнул вниз футов с шести или семи. Равновесия не удержав, покатился наземь, но встал, убедился, что ничего себе не сломал, отряхнулся и, молясь Пречистой Деве о том, чтобы в монастырский сад на ночь не выпускали сторожевых собак, ощупью вдоль стены добрался до калитки и осторожно отодвинул засов. Тотчас в калитку, держа шпаги наголо, проскользнули дон Висенте и его сыновья и быстрыми шагами, звук которых заглушала рыхлая земля, пересекли сад. Настал их черед — то, что потребовалось от меня, я выполнил.

Выполнил, не спасовал и не струсил, чего и сам от себя не ожидал — недаром же говорится: не было б нужды в подвигах, кто бы знал героев? И, очень довольный собой, вышел на улицу и, не задерживаясь, пересек площадь, следуя полученному от капитана строгому наставлению — кратчайшим путем вернуться домой. Оставив за спиной площадь Энкарнасьон и монастырь бенедиктинок, я бодро и весело шагал вниз по крутому спуску, и меня просто распирало от гордости — ведь все получилось так, что пальчики оближешь. И внезапно я поддался искушению: решил подождать малость где-нибудь поблизости, чтобы увидеть — пусть хоть при свете луны и на мгновение — спасенную барышню, когда отец и братья будут сажать ее в карету. Я стоял в нерешительности, и в душе моей чувство долга боролось с любопытством. Тут и грохнул первый выстрел.

«Десять человек, самое малое», — прикинул Диего Алатристе, выхватывая из ножен шпагу и кинжал. И сколько-то еще — в монастырском дворе. Они налетели со всех сторон, выскочили из-за углов — улица и площадь озарились блеском обнаженных клинков, содрогнулись от криков «Именем короля!» и «Ни с места! Святейшая инквизиция!». С противоположной стороны раздались выстрелы, из дверей вывалился плотный клубок дерущихся врукопашную. Алатристе на миг показалось, что среди них мелькнул белый чепец послушницы, но все тотчас потонуло в густом пороховом дыму. Да и некогда было всматриваться — пришла пора позаботиться о собственной шкуре. От одного упоминания инквизиции волосы встали бы дыбом у любого, и будь у капитана время пугаться, он испытал бы все, что положено в данных обстоятельствах. Но временем он как раз и

Приступ

не располагал: надо было спасать свою жизнь, а тут уж, право, неважно, окроплен святой водой клинок, который пропорет тебя, или нет. Резко обернувшись, он кинжалом отбил шпагу нападавшего — тот возник у него за спиной в полном смысле слова «откуда ни возьмись» — тремя ударами заставил его отступить и заметил краем глаза, что дон Франсиско дерется сразу с двоими. Кричать в данном случае «Измена!» или что-то в этом роде было совершенно зряшной тратой времени и сил, бесполезным и опасным излишеством, так что капитан и Кеведо сражались молча. Ясно было: кто-то — а кто именно, теперь уже неважно, — устроил на них засаду, так что оставалось только продать жизнь подороже. Не столько увидав, сколько угадав, что противник начинает новую атаку, капитан очень вовремя отбил выпад, сделал шаг, другой и, пропустив вражеский клинок у себя под мышкой, прижал его локтем к левому боку и нанес в лицо нападавшему ответный удар, который, судя по тому, что раздался вскрик, достиг цели. Им повезло — люди инквизиции были не Амадисы Галльские, и это не замедлило сказаться. Алатристе отступал, пока не уперся спиной в стену, и воспользовался передышкой, чтобы взглянуть, как идут дела у дона Франсиско. Поэт, несмотря на свою хромоту, показывал чудеса проворства и, бранясь сквозь зубы, сдерживал натиск наседавших на него. Однако их становилось все больше; как гласит пословица, рук не хватит стольких свиней переколоть. Опять же к счастью, многих отвлекла на себя все жарче разгоравшаяся схватка у входа в монастырь.

Дона Висенте с сыновьями, без сомнения, можно было записывать в поминальник. Капитан почуял запах тлеющих аркебузных фитилей.

— Надо смываться, — крикнул он, силясь заглушить неистовый лязг стали. — Не вышло дело.

— Я пытаюсь! — отвечал поэт между двумя ударами. — И давно уже!

С этими словами он свалил одного из своих противников и стал пятиться вдоль стены, отбиваясь от второго. Перед Алатристе внезапно возникла новая тень — а может, это и в самом деле была тень убитого им минуту назад и теперь явившаяся с того света отомстить. Клинки, сталкиваясь друг с другом и задевая время от времени стену, высекали искры, и капитан, воспользовавшись оплошностью нападавшего, молниеносно нанес ему три удара — шпагой, кинжалом и снова шпагой. Когда противник попытался выпрямиться, из-под лопатки у него торчало не меньше двух пядей стали.

— Матерь Божья! — вскрикнул он в тот миг, когда Алатристе выдернул клинок из его груди. Потом выругался, потом снова воззвал к Пречистой Деве — и рухнул на колени, привалясь к стене и выронив заззвеневшую о камни шпагу.

От дверей монастыря, где по-прежнему кипела схватка, к ним уже бежали. Грянули выстрелы из аркебуз, и, как на масленичном гулянье, улица с площадью озарились, запахли порохом. Несколько пуль прожужжало над головами Алатристе и дона Франсиско, а одна, пролетев между ними, сплющилась о стену.

Приступ

Кеведо высказался по этому поводу прозой — кратко и выразительно: тут и в самом деле было не до подсчета стоп. Врагов все прибывало. Капитан, взмокший от пота под своим кожаным нагрудником, который сегодня трижды, по крайней мере, спасал ему жизнь, вертел головой, отыскивая путь к отступлению. Дон Франсиско, продолжая отбиваться, оказался вплотную к Алатристе — теперь они стояли плечом к плечу — и явно думал о том же самом.

— Пусть каждый пес себе под хвостом сам лижет, — прерывающимся голосом произнес он.

Парад, финт, рипост — и вот наконец раненый противник завертелся на земле у его ног. Однако силы поэта были на исходе, а второй продолжал наседать. Тогда капитан, взяв кинжал в зубы, выхватил из-за пояса пистолет и выстрелом в упор — расстояние было не больше полуфута — снес нижнюю челюсть тому, кто теснил дона Франсиско. Вспышка и грохот заставили остальных ослабить напор, и, улучив момент, Кеведо кинулся прочь, в очередной раз доказав, что хромота проворству не помеха.

Алатристе через мгновение последовал его примеру: по давней и очень полезной солдатской привычке он еще перед началом дела наметил себе путь возможного отхода — ибо по опыту своему знал, что потом, если дело пойдет наперекосяк, может не хватить здравомыслия, а то и просто сил, — и выскочил в заранее облюбованный узенький проулок, упиравшийся в невысокую ограду, одолеть которую труда не составило, только с громким кудахтаньем шарахнулись из-под ног спугнутые им куры. В окне вспыхнул свет, кто-то закричал, однако Диего Алатристе уже пересек двор. В темноте споткнулся, упал, но не ушибся — и, перемахнув очередную изгородь, понял, что выбрался целым и невредимым, если не считать нескольких царапин, и что во рту у него так пересохло, что впору вспомнить песчаные дюны Ньипорта. Забившись в какую-то щель, чтобы перевести дух, капитан думал о том, удалось ли дону Франсиско унести ноги. А когда вновь обрел возможность слышать не только свое дыхание, понял, что со стороны монастыря бенедиктинок не доносится больше ни криков, ни выстрелов: ломаного грошика не дал бы он теперь за жизнь дона Висенте и его сыновей. В том весьма маловероятном случае, если кто-то из них уцелел в бою.

Послышались тяжелые шаги, бряцание оружия, заметались отблески факелов по стенам — и вновь стало тихо и темно. Он отдохнул и пришел в себя, но еще долго простоял во тьме не шевелясь, не обращая внимания на озноб — сорочка под нагрудником насквозь вымокла от пота. Другое занимало капитана — снова и снова он спрашивал себя, кто же заманил их в ловушку.

Выстрелы и лязг стали заставили меня повернуть назад и задаться тревожным вопросом — что же творится на маленькой площади Энкарнасьон? Припустил было бегом, но благоразумие проторило дорожку к моей душе, и я замедлил шаги. Благодаря Алатристе, крепко была усвоена мною солдатская премудрость: «Потеряешь голову — не сносить тебе головы». И потому я остановился, чувствуя, как колотится сердце, и принялся размышлять о том, что мне делать, и о том, поможет ли мое появление друзьям или напортит им. Размышления эти были прерваны топотом бегущих ног и грозным криком «Ни с места! Инквизиция!», а от этого слова, как я уже говорил вам, господа, кровь стыла в жилах у самого отчаянного храбреца. И потому я счел за благо юркнуть под невысокую каменную стенку, тянувшуюся на манер парапета вдоль всего спуска. И вовремя — едва успел я притаиться, как вновь над самой моей головой загремели выстрелы, зазвенели клинки и раздались голоса. У меня не было времени предаваться печальным думам о судьбе капитана и дона Франсиско — пора было спасать собственную шкуру. И тут совсем неподалеку рухнул наземь человек. Я уже было собрался порскнуть как заяц в сторону, но тут до меня донесся жалобный стон, я вгляделся в черты распростертого на мостовой человека и, благо луна давала достаточно света, узнал младшего из братьев де ла Крус, дона Луиса, тяжело, судя по всему, раненного при отступлении из монастыря. Когда я подобрался ближе, он привстал, испуганно вскинул на меня глаза, в полутьме блестевшие горячечно. Потом провел рукой по моему лицу, как это делают слепцы, пытаясь определить, кто перед ними, и тотчас бессильно повалился ничком. Причина этого изнеможения обнаружилась в тот миг, когда я, подхватив его, ощутил под пальцами обильную ледяную испарину, а ноздрями втянул тошнотворно-сладковатый запах крови — дон Луис, навылет простреленный из аркебузы, получивший вдобавок несколько колотых ран, был весь ею залит.

— Помоги мне, малыш...

Он так тихо, так слабо произнес эти слова, что я скорее угадал их, чем услышал. Усилия, которые потребовались, чтобы выговорить их, оказались для юноши чрезмерны — он снова обмяк. Я попытался приподнять его — тщетно: дон Луис оказался тяжеленек, раны не давали ему шевелиться, а от моих неосторожных движения он протяжно, страдальчески застонал. Тут только я заметил, что из оружия при нем — лишь кинжал у пояса: я наткнулся на рукоять, стараясь поставить раненого на ноги.

— Помоги... — повторил раненый.

В бедственном своем положении он выглядел совсем юным — чуть ли не ровесником мне — и очень жалким: куда девались его молодцеватая и мужественная стать, произведшая на меня при первой встрече столь сильное впечатление? Да, дон Луис был старше и сильней, но дырок в нем понаделали предостаточно, я же остался цел, и потому, исходя кровью, надеяться он мог только на меня. Я понял, что ответственен за него, и потому, подавив естественный порыв бросить его и удрать во всю свою отроческую прыть, закинул руки валенсианца к себе на плечи и попытался взвалить раненого на спину. Не вышло — слабея с каждой минутой, он не держался на ногах и захлебывался собственной кровью. Рука его в поисках опоры коснулась моего лица, и я почувствовал на щеке теплую липкую влагу. Я выпустил его, и дон Луис снова осел на землю, привалившись спиной к стене. Я принялся на ощупь искать те бреши, через которые по капельке выходила из него жизнь, чтобы заткнуть их платком; но когда нашел первую рану и, подобно Фоме Неверному, вложил в нее персты, понял — усилия мои будут бесплодны: юноша нового дня уже не увидит.

Я испытывал какую-то странную досаду. «Беги, Иньиго», — говорил я себе и не трогался с места. Выстрелы и крики стихли, но воцарившееся на маленькой площади безмолвие было почему-то особенно гнетущим. Я думал о капитане и о Кеведо — убиты они, схвачены или за ними погоня? — и ни одна из этих трех возможностей не утешала меня, хотя я надеялся, что благодаря фехтовальному искусству поэта и хладнокровию моего хозяина они отбились и нашли убежище в какой-нибудь из соседних церквей. Но открыты ли были их двери в столь глухой час?

Я медленно выпрямился. Скорчившийся на земле Луис де ла Крус тонул в собственной крови — целая лужа ее поблескивала в лунном сиянии — и, обессилев, больше уже не стонал, не звал на помощь. «Кончается», — подумал я, услышав, как его дыхание, делавшееся с каждой минутой все слабее и прерывистей, время от времени перемежается предсмертными хрипами.

Прозвучавший в отдалении выстрел — из пистолета или аркебузы — вселил в меня надежду: быть может, кто-то из преследователей в бессильной ярости выпалил вслед неуловимому, как тень, капитану Алатристе, невредимым скрывшемуся во тьме. Ну а мне пора было искать убежище. Склонясь над умирающим, я отстегнул у него с пояса кинжал — в дальней дороге он юному дону Луису не пригодится — и решил убираться отсюда поскорей.

В этот миг у меня за спиной прозвучала негромко высвистанная музыкальная рулада — *тирурита-та* — я похолодел, и пальцы мои, обагренные кровью дона Луиса, крепче стиснули рукоять его кинжала. Медленно обернулся, одновременно занося клинок, блеснувший в лунном свете. На парапете я увидел хорошо знакомый силуэт в плаще и широкополой шляпе. Увидел и понял: ловушку нам подстроили смертельную, и теперь в нее попался я.

— Вот мы и снова встретились, — произнес он.

Похоронным звоном прозвучал для меня в ночном безмолвии голос Гвальтерио Малатесты, голос надтреснутый и сиповатый. Вы спросите меня, быть может, какого дьявола стоял я как вкопанный, а не кинулся со всех ног прочь, словно бы от этого самого дьявола удирая? Объясню. По двум причинам: во-первых, появление итальянца пригвоздило меня к земле, а во-вторых, он перекрывал мне путь к отступлению. Короче говоря, я остался на месте, держа перед собою кинжал, а итальянец оглядывал меня с таким невозмутимым спокойствием, будто в запасе у него была вечность.

— Вот мы и снова встретились, — повторил он.

Он медленно, нехотя, через силу слез с парапета и сделал шаг ко мне. Один-единственный шаг. Я видел, что шпага его остается в ножнах, и чуть шевель-

Приступ

нул кинжалом — лунный свет мягко скользнул по клинку.

— Дай-ка мне эту штучку, — сказал итальянец.

Я стиснул зубы и не отвечал, чтобы дрогнувшим голосом не выдать своего страха. Распростертый на земле дон Луис простонал в последний раз и предсмертный хрип его смолк. Малатеста, не обращая внимания на выставленный кинжал, сделал еще два шага вперед и склонился над мертвым, внимательно разглядывая его:

— Меньше работы палачу.

И пнул труп ногой. Потом снова повернулся ко мне, и даже в темноте я заметил — он удивлен тем, что кинжал все еще у меня в руке.

— Не дури, — пробормотал итальянец как бы между делом. — Сказано же: отдай.

Вокруг нас уже собрались люди, а подходили все новые и новые, держа пистолеты наготове и шпаги наголо. Луч фонаря скользнул по стене, взвился над нашими головами и тотчас двинулся вниз по склону, однако в его неверном свете я успел заметить, как черная тень итальянца нависла над Луисом де ла Крус. Тот был недвижим и, если бы не широко раскрытые, уставившиеся в никуда глаза, можно было бы подумать, что он спит, только почему-то — растянувшись в огромной красной луже.

Свет фонаря приближался, и тень Малатесты теперь закрыла меня. Силуэт его четко выделялся на фоне поблескивающих кирас и клинков. Кинжал я не выпустил из рук. Фонарь сбоку осветил итальянца — худое лицо, оспинами и шрамами схожее с лунным диском, черные, тонко выстриженные усики, черные глаза, взиравшие на меня с веселым любопытством.

— Святейшей инквизицией ты взят под стражу, паренек, — сказал он, и оттого, что губы его кривились угрожающей усмешкой, зловещая формула прозвучала как глумливая шутка.

Я был слишком ошеломлен, чтобы ответить или хотя бы шевельнуться — и потому оставался нем и неподвижен, по-прежнему не опуская занесенный кинжал. Со стороны, вероятно, это выглядело попыткой оказать сопротивление, которая так забавляла итальянца. Несколько окружавших нас сыщиков двинулись ко мне, но Малатеста остановил их, а потом очень медленно, словно давая мне время одуматься, обнажил шпагу. Шпагу небывалой длины — целую вечность, показалось мне, выползала она из ножен — с широченной чашкой и массивной поперечиной. Итальянец секунду с задумчивым видом разглядывал блестевший в лунном свете клинок, а потом все так же неторопливо повел его ко мне. По сравнению с ним кинжал выглядел так жалко, так убого! Но это был мой кинжал. И, хотя правая рука онемела и как будто налилась свинцом, я не опустил оружие, неотрывно глядя в завораживающие, как у змеи, глаза Малатесты.

— Да ты, я вижу, отчаянный малый.

Послышались смешки. Итальянец продолжал плавно вытягивать вперед руку со шпагой, покуда ее острие с еле слышным звоном не дотронулось до кончика кинжала. От этого соприкосновения, будто

замкнувшего, как теперь бы сказали, гальваничес-
кую цепь, волосы у меня на затылке встали дыбом.

— Брось, кому сказано!

Снова раздался чей-то смех, и кровь моя вскипе-
ла. Я резко отбил в сторону шпагу Малатесты, и раз-
давшийся лязг был равносилен вызову на поединок.
Но тут же — не знаю, как это вышло! — у самого лица я увидел острие шпаги. Она была неподвижна и
словно бы раздумывала, вонзиться в меня или еще
рано. Я снова сделал выпад, но шпага исчезла как по
волшебству, и удар попал в пустоту.

И снова — смех, от которого меня обуяла такая
бесконечная жалость к себе, накатила такая смертельная тоска, что хоть плачь. Но я задавил слезы где-
то в глотке — или в сердце? — прогнал их, так сказать, долой с глаз моих, оставшихся сухими. И понял:
есть такое, чего мужчина сносить не должен, даже
если речь идет о жизни его, ибо на свете есть кое-что
поважнее жизни. В ту роковую минуту мне припом-
нились горы и зеленые поля в том краю, где прошло
мое детство, запах дыма из печных труб, медленно
расходящегося во влажном утреннем воздухе, жест-
кие крепкие ладони отца, колючее прикосновение
его солдатских усов в тот день, когда он в последний
раз поцеловал меня, прежде чем отправиться навстречу своей судьбе и пуле, прилетевшей к нему с бастиона Юлих. Я вновь ощутил жар очага, увидел мать,
склонившуюся над шитьем или стряпней; услышал
смех сестричек, играющих на полу; почувствовал
тепло постели, где так славно было нежиться зим-
ним утром. Потом перед глазами возникло небо —

синее, как глаза Анхелики де Алькесар, и я пожалел, что встречаю смерть во мраке, с которым бессилен справиться угрюмый тусклый свет фонаря. Да тут жалей, не жалей — никто не волен выбрать себе час своей смерти. Ну а мой, без сомнения, пробил.

Пришла пора умирать, сказал я себе. И со всем пылом своих тринадцати лет, с безнадежно отчетливым сознанием того, сколько всякого замечательного никогда уже не удастся мне испытать и изведать, я устремил взор на острие вражеского клинка и, вверяя душу свою Господу, торопливо пробормотал краткую и наивную молитву, которой в ту пору, когда я произносил первые слова на родном баскском языке, научила меня мать. А потом, ни минуты не сомневаясь, что отец ждет меня, раскинув руки для объятья и с улыбкой гордости на устах, — крепче стиснул кинжал, зажмурился и кинулся вперед, прямо на шпагу Гвальтерио Малатесты.

Но остался жив. Потом, всякий раз, как пытался я припомнить ту минуту, мне удавалось восстановить ее лишь в виде череды стремительно сменяющих друг друга ощущений: вот в последний раз блеснул перед глазами клинок итальянца; вот заныла и онемела рука, в которой держал я кинжал, вслепую тыча им во все стороны; вот, не напоровшись грудью на отточенную сталь, не почувствовав ожидаемой боли, не встретив преграды, оказался в пустоте. А потом наткнулся на нечто неподатливо-прочное и плотное, и чья-то сильная рука не столько придержала меня, сколько обняла, будто оберегая и заботясь, как бы я не ушибся. Помню, что молча барахтался в этом объятии, отчаянно пытаясь высвободиться и все же всадить куда-нибудь свой кинжал, и голос с легким итальянским выговором бормотал над ухом: «Тихо, мой мальчик, тихо» — едва ли не с нежностью, и рука продолжала удерживать меня, словно бы для того, чтобы я сам не поранился острым трехгранным лезвием. Помню еще, что, уткнувшись лицом в какую-то темную ткань, припахивающую по́том, железом, ременной кожей, продолжал вырываться, и та самая рука, которая только что вроде бы обнимала меня и защищала, медленно, не причиняя мне чрезмерной боли, вывернула мое запястье, заставив выпустить из разжавшихся пальцев кинжал. И тогда, чувствуя, как вскипают в глазах долгожданные, желанные слезы, я изо всех сил, яростно, как взбесившаяся собачонка, готовая погибнуть на месте, впился в эту руку зубами. Впился и не отпускал, покуда она не сжалась в кулак — и ночь разлетелась на тысячу осколков, все исчезло, а я без крика, без стона полетел в черную бездонную пропасть, уповая, что предстану Господу Богу как подобает солдату.

Потом мне приснилось, что я не умер. И уверенность в том, что придется очнуться, угнетала меня даже во сне.

V

Во имя Божие

Я пришел в себя внезапно, как от болезненного толчка, и понял, что нахожусь в карете с зашторенными окнами. Почувствовал непривычную тяжесть в руках и, шевельнув ими, услышал металлический звон — я был в кандалах, цепью прикованных к полу кареты. Сквозь неплотно задернутые занавески просачивался свет — значит, уже наступило утро. Тем не менее я понятия не имел, как долго нахожусь под арестом. Карета катила, не ускоряя и не замедляя ход, иногда — вероятно, на подъемах — я слышал щелканье кнута и голос кучера, понукавшего мулов. Где-то рядом равномерно цокали копыта лошадей. Стало быть, меня вывезли из Мадрида, да не просто, а в цепях и под конвоем. Если верить словам Гвальтерио Малатесты, это сделала инквизиция. Не надо было изощрять воображение, чтобы придти к самоочевидному выводу: будущность моя представала в самом черном свете.

Во имя Божие

Я расплакался. И в погромыхивающей тьме кареты, где никто не мог меня видеть, ревел долго и безутешно, а потом, шмыгая носом, отполз на четвереньках в дальний угол и вне себя от страха затаился там. Как и все мои соотечественники той поры, я знал, что такое инквизиция — зловещая ее тень долгие десятилетия нависала над нашими жизнями, во многом определяя их — и потому вполне отчетливо представлял себе свою судьбу. Путь мой лежал в Толедо, в тайные застенки Священного Трибунала.

Вроде бы я уже прежде упоминал об инквизиции. Жилось нам, может, и не хуже, чем людям в других странах Европы, хотя голландцы, англичане, французы и лютеране, бывшие в ту пору нашими природными врагами, в самом существовании этого ведомства находили оправдание тому, как беспощадно грабили они и терзали дряхлеющую испанскую империю. Спору нет, инквизиция, созданная когда-то, чтобы следить за чистотой вероучения, у нас в Испании была суровей, нежели в Италии, в Португалии или, скажем, в Западных Индиях. Это так. Однако существовала она и в других странах, ну а если даже ее и не было, немцы, французы и англичане истребили больше иноверцев, колдунов и ведьм, чем было их сожжено в нашем отечестве, где благодаря скрупулезной и рачительной бюрократии, доставшейся нам от австрийских государей, каждое поджаривание — а было их немало, но и не так уж много — предварялось судебным разбирательством и обставлялось должным образом с соблюдением всех протокольных формальностей, с указанием имен и фамилий. Таким порядком делопроизводства не могли, хоть лопни, похвалиться ни лягушатники христианнейшего короля Франции, ни богопротивные еретики, обитавшие чуть северней, ни презренные торгаши и пираты, гнездившиеся на Британских островах — там уж если жгли на кострах, так жгли, рассуждая, вероятно: «Вали кулем, потом разберем», вроде бы кого попало и кто под руку подвернулся, да только как на грех подворачивались все больше такие, от которых могло кое-что перепасть этой ораве корыстолюбивых лицемеров. Не забудьте, что в ту пору светское правосудие могло по части свирепости дать фору церковному, да и людишки отличались чрезвычайной кровожадностью, ибо нравы были непросвещенными, а у простонародья имелась врожденная склонность наслаждаться зрелищем того, как колесуют или четвертуют ближнего. Так что, если правду сказать, была инквизиция орудием государственной власти, вверенной монархам — ну, вот хоть четвертому нашему Филиппу — которые поручили ей следить за иудеями и маврами, принявшими христианство и называвшимися соответственно марранами и морисками, преследовать чернокнижников, ведьм, двоеженцев, содомитов, цензуровать книги и даже пресекать контрабандную торговлю оружием и лошадьми, а также изводить под корень фальшивомонетчиков. Последнее объяснялось довольно просто и очень складно: те и другие, нанося ущерб казне, становились врагами державы, а враг державы, защитницы веры, — он, ясное дело, и вероотступник, кем же ему еще быть?

И хотя — вопреки злобным измышлениям чужеземных клеветников — далеко не каждый процесс завершался костром, и пусть имеется множество примеров того, что приговоры выносились милосердные и справедливые, инквизиция, как и всякая чрезмерная власть, сосредоточенная в руках человеческих, роль сыграла пагубную. И упадок, который мы, испанцы, переживаем в этом столетии — ох, как давно скрипит и как долго еще будет скрипеть у нас на зубах пыль, в которую превратилась не нами разведенная грязь, — упадок этот объясняется в первую голову тем, что инквизиция вытравляла вольномыслие, отгораживала нас от прочего мира, насаждала мракобесие, лелеяла недоверчивость и подозрительность. И столь велик был внушаемый ею ужас, что даже так называемые *близкие,* то есть миряне, служащие в этом ведомстве, куда, кстати, можно было поступить за определенную мзду, пользовались — и как еще пользовались! — полнейшей безнаказанностью. Сказать про человека *близкий* было равносильно тому, чтобы назвать его доносчиком или соглядатаем, и при католическом нашем Филиппе расплодилось таковых в Испании двадцать две тысячи. Оценив эту цифру, вы, господа, легко поймете, что́ значила инквизиция в такой стране, как наша, где всё на свете, включая святое причастие, продавалось и покупалось, где у всех были счеты со всеми, ибо продолжаю пребывать в глубочайшем убеждении насчет того, что не сыскать двух испанцев, которые, не говоря уж

о чем-то другом, хотя бы чашку шоколаду себе на завтрак заказывали на один манер, так ведь нет: этому
вари черный и притом чтоб непременно был из Гу-
аксако, тому — пополам с молоком, третьему — подавай с бисквитами, а четвертому — в особой такой
чашечке, именуемой *хикарой,* да еще с гренками,
пропитанными вином либо молоком, облитыми яй-
цами, обмазанными медом или сахаром или еще каким сиропом. И при таком разнообразии мнений и
вкусов количество камней за пазухой возрастает
многократно, и уже не в том дело, взаправду ли ты
добрый католик и старый христианин, а в том, насколько ты на них похож. А чтоб такого сходства добиться, нет средства лучше, нежели донести на тех,
кто таковым не является или, по крайнему твоему разумению, подхлестнутому злобой ли, завистью, дав-
ними ли обидами, ревностью или еще чем, в этом отношении сомнителен. И потому, как и следовало
ожидать, пышным цветом цвело доносительство:
«Своими глазами видел, как он... Своими ушами слышал, как она... Знаю достоверно... Священным долгом
считаю уведомить...» и прочая, и прочая. И когда неумолимый перст инквизиции указывал на какого-нибудь бедолагу, тот в одночасье оказывался покинут
приятелями, друзьями и родней. И как же тут было
сыну не обвинить отца, не свидетельствовать жене
против мужа? И мог ли взятый под стражу, если желал
он избежать пыток и казни, не выдать, верней — не
измыслить соучастников?

Теперь представьте, каково было мне в тринад-
цать-то лет угодить в эти гибельные тенета, знать,

Во имя Божие

что меня ожидает, и бояться даже помыслить об этом. К тому времени я понаслушался историй о людях, которые добровольно лишали себя жизни ради того, чтобы избегнуть узилища, куда должны были вот-вот ввергнуть и меня, и признаюсь вам, что в ту минуту, трясясь в темной карете, я этих людей понимал прекрасно. Насколько лучше было бы, наскочив на шпагу Гвальтерио Малатесты, принять смерть славную, быструю, легкую. Однако Божественное провидение решило провести меня и через этот искус. Скорчившись в углу кареты, я глубоко вздохнул и приготовился безропотно принять все, что пошлет мне судьба, и выдержать это испытание. Хотя, честное слово, не возражал бы, если бы провидение — уж не знаю, божественное или еще какое — избрало для этого личность более достойную.

Во все продолжение пути я размышлял о капитане Алатристе, всеми силами души желая, чтобы он оказался на свободе и хорошо бы — где-нибудь поблизости, и пришел ко мне на выручку. Впрочем, я сознавал, сколь призрачна эта надежда: даже в том случае, если ему удалось выбраться из — теперь в этом уже не было никакого сомнения — ловушки, тщательно и грамотно сработанной нашими врагами, действие происходило не в рыцарском романе, и при толчках кареты позвякивали на моих запястьях вполне всамделишные кандалы. Не выдумкой был и мой страх, не игрой воображения — томившие меня одиночество и неясное будущее. Насчет последнего, впрочем, — это как посмотреть: может, и чересчур ясное. Дело-то все в том, что впоследствии, с течением времени приключения военные и любовные заставили меня разувериться в очень многом. Но и тогда, в нежном тринадцатилетнем возрасте, в чудеса я уже не верил.

Карета остановилась. Я слышал, как перепрягают мулов, из чего заключил, что мы подъехали к почтовой станции, и старался понять, где она находится. Но тут распахнулась дверца, и от ударившего в лицо ослепительного света я на несколько мгновений ослеп. Протер глаза — и увидел перед собой Гвальтерио Малатесту, стоящего у подножки. Он был по своему обыкновению весь в черном — от кончиков перчаток до носков сапог — и с черным пером на шляпе. Тщательно выстриженные тонкие усики, подчеркивая худобу лица, покрытого оспинами и рубцами так, что оно походило на изрытое ядрами поле битвы, казались неуместно изысканными. За спиной итальянца на расстоянии примерно полулиги[1] лучи заходящего солнца позлащали древние стены Толедо и высившийся над ними купол императорского дворца.

— Что ж, мальчуган, здесь мы с тобой простимся, — сказал Малатеста.

Я глядел на него непонимающе и ошеломленно. Полагаю, вид у меня был довольно плачевный, ибо на лице и одежде засохло много крови, вытекшей из несчастного дона Луиса, да и пол в карете был нечист. Мне почудилось, что итальянец на мгновение

1   Л и г а — мера длины, равная 5572 м.

сморщился, будто ему не понравилась моя наружность — или положение, в коем я оказался. Я же продолжал взирать на него растерянно.

— Теперь тобой займутся другие.

Я уже хорошо знал это медленное движение губ, обнажавшее белоснежные клыки в кривой волчьей ухмылке, от которой ощущение смертельной угрозы, исходящее от этого человека, делалось совсем нестерпимым. Но он тотчас согнал ее с лица. Может, счел, что для меня, и без того уже, как говорится, вконец измытаренного, это будет слишком сильно. Так или иначе, Гвальтерио Малатеста пребывал, можно сказать, в замешательстве. Еще минуту он глядел на меня, а потом взялся за подножку, чтобы убрать ее.

— Куда меня везут? — осведомился я и сам не узнал свой голос: так слабо и хрипло звучал он.

Итальянец с прежним спокойствием устремил на меня черные, как сама смерть, немигающие глаза, словно лишенные век.

— Туда.

И снизу вверх дернул головой, указывая на город за спиной. Я смотрел на его руку, державшую подножку, как будто это была рука палача, а трехступенчатая складная лесенка — моей надгробной плитой.

— За что? Что я сделал? — допытывался я, подсознательно желая отсрочить расставание с солнечным светом, который, как я чувствовал, увидеть мне теперь доведется не скоро.

Он не ответил. И продолжал рассматривать меня. Я слышал, как звякает упряжь перепрягаемых мулов; вот карета чуть вздрогнула — свежая пара заняла свое место в постромках. За спиной итальянца я видел нескольких до зубов вооруженных людей, а среди них — черно-белые сутаны двух доминиканцев. Один из них окинул меня беглым и безразличным взглядом, каким озирают предмет неодушевленный, и от этого взгляда меня пронзил небывалый доселе страх.

— Мне жаль тебя, — произнес Малатеста.

Вероятно, он догадывался, какой ужас я испытываю, и разрази меня гром, если слова эти не были сказаны от чистого сердца. Он и вправду пожалел меня — пусть хоть на минуту. Три слова и какая-то искра, мелькнувшая в черной глубине глаз. Но когда я попытался было раздуть эту искорку сочувствия, то вновь увидел передо собой бесстрастную маску наемного убийцы. Он уже убрал сложенную подножку внутрь кареты.

— Что с капитаном? — тоскливо спросил я, изо всех сил цепляясь за возможность лишнее мгновение видеть солнце, уходящее от меня, быть может, навсегда.

Итальянец не отвечал. На свету оставалась еще левая сторона его угрюмого лица. И я заметил — сомнений быть не могло! — как легчайшая, почти неуловимая тень бессильной ярости промелькнула по нему, промелькнула и исчезла, и бескровные тонкие губы скривились в привычной гримасе опасного хищника. Но до этого мне уже не было никакого дела, и, почувствовав толчок в сердце, я понял — мгновенно и безошибочно, — что Диего Алатристе из расставленных на него силков ушел.

Во имя Божие

Гвальтерио Малатеста с силой захлопнул дверцу, и я вновь оказался во мраке. Послышались какие-то командные выкрики, удаляющийся топот копыт на галопе, щелканье кнута. Мулы резво взяли с места, карета тронулась и покатила, увозя меня туда, где и сам Господь Бог бессилен был бы мне помочь.

Безнадежные ощущения человека, попавшего меж шестерен могучей машины, бесчувственной и уж тем более — безжалостной, я испытал сразу после того, как меня высадили из кареты в угрюмом тюремном дворе, при тусклом сумеречном свете казавшемся еще мрачнее. Меня освободили от наручников и в безмолвном сопровождении четырех стражников и двух доминиканцев — тех самых, кого я видел, когда перепрягали мулов — доставили в подвал. Избавлю вас, господа от скучных подробностей того, как был я раздет донага и доскональнейшим образом осмотрен, а затем подвергнут предварительному допросу, в продолжение коего некий делопроизводитель записал в протокол мои имя и фамилию, го́да, имена отца и матери, двух дедов и двух бабок, четырех прадедов и четырех прабабок, место рождения и место нынешнего проживания. После чего столь же формально удостоверился в том, что перед ним — добрый католик, попросив меня прочесть «Отче наш» и «Богородице», а затем спросил, скольких людей, имеющих касательство к тому положению, в котором пребываю, могу я назвать. Мой вопрос о том, а в каком же это положении я пребываю, чиновник оставил без внимания. Тогда я осведомился, за что меня арестовали, и снова ответа не дождался. Когда же он принялся настойчиво допытываться о моих знакомых, не ответил уже я, изобразив смятение и страх, для чего, скажу по правде, особенно притворяться не пришлось — достаточно было лишь чуточку дать волю чувствам, томившим мою душу. Чиновник продолжал выспрашивать — я ударился в слезы, и тогда он счел, вероятно, что на сегодня довольно, сунул перо в чернильницу, присыпал песком исписанный кругом лист, сложил его вдвое. И я решил использовать это верное средство всякий раз, как меня будут припирать к стенке, причем больших усилий для того, чтобы разреветься, мне явно не понадобится. Ибо предвидел я, что уж чего-чего, а причин пустить слезу здесь будет в избытке.

Ну а после этого обнаружилось — то, что счел я окончанием процедуры, было всего лишь вступлением или прологом, а первое действие еще даже и не начиналось. Я понял это в ту минуту, когда был препровожден в квадратную, освещенную большим многосвечным канделябром комнату без окон, всю обстановку которой составляли два стола — большой и маленький — да несколько скамеек. За большим столом сидели два монаха, виденных мною на почтовой станции, и некто третий — важного вида бородатый человек в темном одеянии и с золотым крестом на груди: вероятно, судья. За маленьким, где стоял чернильный прибор и лежала стопка бумаги, пристроился чиновник, но не тот, который снимал с меня первоначальные показания, а другой — ну, вылитый ворон на суку — тщательно записывавший

Во имя Божие

все, что говорилось, и, боюсь, не только это. Караулили меня два стражника — рослый здоровяк и рыжий задохлик. На стене висело огромное распятие, и похоже было, что раскинувший руки на перекладине креста прошел сначала через этот самый трибунал.

Вскоре узнал я: из всего, что выпадает на долю узника тайной тюрьмы, самый ужас — в том, что не тебе предъявляют обвинения, не приводят доказательства и свидетельства твоей вины. Инквизиторы всего лишь задают один вопрос за другим, писарь скребет пером, занося на бумагу каждое твое слово, а ты ломаешь голову, пытаясь понять, пойдут ли эти слова тебе на пользу или погубят окончательно. Проходят недели, месяцы, иногда и годы, а ты так и не знаешь, по какой причине томишься в узилище; если же ответы твои не удовлетворят вопрошающих, будешь подвергнут пытке, чтобы легче давал то, что на их языке называется «признательные показания». И вот тебя пытают, а ты отвечаешь бессмысленно и невпопад, не ведая, что же все-таки следует отвечать, и приходишь к полнейшему отчаянью, к поклепу — намеренному или невольному — на своих друзей и на себя самого, а порой — к сумасшествию и гибели. Это — в том случае, если не успели нацепить тебе на голову позорный колпак-коросу, не напялили размалеванный чертями и языками пламени балахон-санбенито, не стиснули шею удавкой гарроты да не поставили тебя на поленницу славных сухих дровишек, чтобы при восторженных рукоплесканиях соседей и добрых знакомых, охочих до такого зрелища, запалить под тобой костерок.

Я, по крайней мере, знал, за что попал в застенок — нечего сказать, большое утешение. И после первых же вопросов оказался в весьма затруднительном положении. Ибо младший из монахов — тот, который во время моей последней беседы с итальянцем вскользь окинул меня таким равнодушным взглядом — потребовал назвать имена моих сообщников.

— Каких сообщников, ваше преосвященство?

— Я не епископ, — хмуро набычась, отчего в свете канделябра блеснула тонзура, произнес он. — Назови тех, кто вместе с тобой свершал святотатственное деяние.

Роли у них были расписаны, как на театре. Покуда бородатый хранил молчание, изображая судью, который слушает и советуется сам с собой, прежде чем вынести приговор, младший доминиканец добросовестно представлял следователя неумолимого и безжалостного, а старший, человек тучный и рыхлый, — благожелательного и добросердечного. Однако я уже достаточно потерся в Мадриде, чтобы раскусить эту игру, и решил не бояться одного, не доверять другому, а на третьего, раз он все равно безмолвствует, вовсе не обращать внимания. Кроме всего прочего, я ведь не знал, что́ именно известно инквизиции, и что́ подразумевалось под определением «святотатственное деяние». А уж если сел играть с такими партнерами, знай, прикупая, что недобор ничем не лучше перебора. И ведь не скажешь им: «Себе!»

— Нет у меня никаких сообщников, святой отец, — обратился я к благодушному толстяку, не возлагая

Во имя Божие

на него, впрочем, больших надежд. — И я не совершал никакого святотатства.

— Стало быть, ты отрицаешь, — сейчас же произнес младший, — что вкупе с другими пытался осквернить обитель бенедиктинок?

Это было уже нечто: по крайней мере, от умозрительных понятий мы перешли к делу, хотя при одной мысли о последствиях, которое оно может повлечь за собой, мурашки побежали у меня по коже. Разумеется, я отрицал все, уверяя, что не только не знал, но и никогда прежде в глаза не видел юного тяжело раненного дворянина, на которого, возвращаясь домой, буквально наткнулся у парапета на спуске Каньос-дель-Пераль. Отрицал, что оказывал сопротивление при аресте. Отрицал все, что только можно было, за исключением двух непреложных обстоятельств — я был взят с оружием в руках, и на одежде моей и сейчас еще имелись следы чужой крови. Глупо было бы вопреки всякой очевидности опровергать это, а потому я сначала пустился в весьма запутанные объяснения, больше напоминавшие увертки, а потом прибег к испытанному средству, которое приберегал на крайний случай, — пустил слезу. Однако трибунал этот слез повидал предостаточно, а потому оба монаха, бородач в темной одежде и писец стали просто-напросто дожидаться, когда поток моих иеремиад иссякнет. Времени свободного у допросчиков моих, как видно, было вдоволь, и это обстоятельство вкупе с полнейшим безразличием, выказанным ими, — они нимало не ожесточались, не досадовали, а только настойчиво повторяли одни и те же вопросы — тревожило меня сильнее всего. Как ни пытался я, утерев слезы, придать себе тот беспечный и непринужденный вид, который убедительней всего свидетельствовал бы в пользу моей невиновности, душа моя трепетала от того, сколь невозмутимо-терпеливы оказались эти люди. Ибо на исходе первого десятка «нет» и «не знаю» даже тучный монах бросил притворство, и стало очевидно, что ближайший кладезь милосердия и сострадания следует искать в нескольких милях отсюда.

Больше суток у меня во рту маковой росинки не было, так что я, хоть и сидел на скамье, чувствовал сильную дурноту. И, поскольку источник слез иссяк, я стал подумывать, не брякнуться ли мне в обморок, который с учетом пережитого и предстоящего тоже был бы не вполне притворным. И тут первый монах спросил такое, от чего я и в самом деле едва не лишился чувств:

— Что знаешь ты о Диего Алатристе-и-Тенорио, известном под кличкой «капитан»?

«Ну вот, Иньиго, мы и приплыли», — подумалось мне. Все кончено. Хватит отнекиваться и изворачиваться. С этой минуты все, что ты скажешь и чего не скажешь, может быть и будет использовано против капитана, благо на бумагу заносится решительно каждый твой вздох. Так что молчи. И несмотря на всю бедственность моего положения и на то, что голова моя кружилась все сильней, и необоримый ужас заполонял все мое естество, я, собрав остаток сил, принял твердое решение — ни эти монахи, ни застенки их тайной тюрьмы, ни Высший совет ин-

Во имя Божие

квизиции, ни сам папа римский не вырвут у меня ни
звука о капитане Алатристе.

— Отвечай! — приказал монах.

Я не внял. Опустив голову, я уставился в то место
на полу, где каменную плиту пересекала трещина —
извилистая, как гадючья моя судьба. И продолжал глядеть на нее, когда один из стражников, повинуясь едва заметному знаку, который одними глазами ему по-
дал монах помоложе, сделал шаг вперед и огрел меня
по затылку так, что звон пошел по всему телу. Судя по
произведенному впечатлению, прикинул я, этот ку-
валдоподобный кулачище принадлежит дюжему.

— Отвечай! — повторил монах.

Я продолжал изучать трещину, за что и был воз-
награжден новым, еще более крепким подзатыльником. Как я ни сдерживался, слезы, столь же непри-
творные, сколь истинной была испытанная мною
боль, брызнули из глаз. Но я вытер их ладонью — вот
как раз сейчас плакать было нельзя и стыдно.

— Отвечай!

Я закусил губу, чтобы ненароком не открыть рот,
и тут трещина внезапно полетела мне навстречу, а
барабанные перепонки чуть не лопнули. На этот раз
удар швырнул меня на пол — и был он такой же хо-
лодный, как голос, который снова приказал:

— Отвечай!

Звуки доходили из какой-то дальней дали, как бывает в дурном сне. Чья-то рука перевернула меня на
спину, и я увидел лицо рыжего тщедушного стражника, склонившегося надо мной. Признаюсь, что не
удержался от стона, в котором рвались наружу чувст-

ва бесконечного одиночества и отчаянья: я знал, что превыше сил человеческих вызволить меня отсюда, а палачам моим торопиться некуда. Ну а моя дорога в преисподнюю только начиналась, и не было решительно никакого резона спешить, а потому как раз в тот миг, когда рыжий, ухватив меня за ворот, начал поднимать с полу, я превосходнейшим образом потерял сознание. И — призываю в свидетели Иисуса, смотревшего на меня со стены, — на этот раз тут не было ни грана притворства.

Не знаю, сколько времени провел я в сырой камере в обществе огромной крысы: выныривая иногда из выгребной ямы в углу, она подолгу глядела на меня, вероятно, коротая таким образом время. Я спал, мучимый кошмарами, со скуки давил клопов, трижды в день получал ломоть хлеба и миску отвратительного пойла от мрачного и безмолвного тюремщика, предварявшего свое появление оглушительным лязгом замков и засовов. Однажды мои раздумья о том, как бы мне эту самую крысу истребить, потому что засыпать в ее присутствии я боялся до ужаса, были прерваны: за мной пришли стражники: рыжий и здоровяк — пусть за все, что получил я от него, Господь воздаст ему сторицей. На этот раз, пройдя по угрюмым коридорам, я оказался в комнате, похожей на ту, где допрашивали меня в первый раз, но наделенной не слишком отрадными отличиями в части обстановки и обитателей. Помимо бородача в черном, вороноподобного писаря и двоих монахов, за столом на этот раз сидел еще один доминиканец, к

Во имя Божие

которому все обращались чрезвычайно почтительно, чтобы не сказать — подобострастно. Самый вид его внушал страх. Полуседые волосы, коротко подрубленные над висками так, что они образовывали нечто вроде шапочки; впалые щеки, тощие бескровные руки, которые он то прятал в рукава сутаны, то выпрастывал из них, подобно тому, как выпускает и втягивает когти кот; глаза, полыхающие исступленным огнем. Человека с такой наружностью не хотелось бы иметь в числе своих врагов. Рядом с ним остальные выглядели благостными божьими коровками. Да, забыл прибавить, что в углу были приготовлены кое-какие орудия пытки. Сесть мне было не на что, так что ноги, которых я и так, что называется, под собой не чуял, скоро начали дрожать. Словом, как тут было не вспомнить поговорку: «Не слишком ли много пескарей для одного котика?»

И снова избавлю я вас, господа, от подробностей очередного дознания, коему подвергли меня мои старые друзья доминиканцы, в то время как бородач с крестом на груди и третий монах молчали и слушали, стражники безмолвно стояли у меня за спиной, а писец, тыча пером в чернильницу, заносил на бумагу все, что я отвечал и о чем умалчивал. На этот раз, благодаря вмешательству новоприбывшего, передавшего остальным какие-то бумаги, с которыми те, прежде чем обратиться ко мне с новыми вопросами, ознакомились очень внимательно, я получил хоть какое-то представление о том, во что влип. По крайней мере, пятикратно прозвучало грозное слово «иудействующий» — и всякий раз волосы у меня неизменно вставали дыбом. Подумать только, всего тринадцать букв — а сколько народу отправилось из-за них на костер.

— Известно ли тебе, что семейство де ла Крус не отличается чистотой крови?

Эти слова поразили меня как громом, ибо их зловещая подоплека была мне ясна. С тех пор как католические государи Фердинанд с Изабеллой изгнали из Испании иудеев, инквизиция подвергала жестоким гонениям последних приверженцев Моисеева закона, особо преследуя тех, кто принял христианство, но втайне исполнял религиозные обряды своих предков. В нашем лицемерном отечестве, где даже последний мужлан гордо причисляет себя к дворянству и «старым христианам», ненависть к евреям была всеобщей, а подлинные или за деньги добытые свидетельства о чистоте крови были совершенно необходимы всякому, кто претендовал на мало-мальски значительный пост, чин, сан. И покуда сильные мира сего приумножали свои богатства, проворачивая разного рода махинации и прикрываясь при этом фиговым листком показной набожности и благотворительности, мстительное и кровожадное простонародье утоляло духовный голод целованием реликвий, покупкой индульгенций и яростной травлей ведьм, еретиков, «иудействующих». И, как, если помните, высказался я уже однажды по отношению к сеньору Кеведо и другим, моровая язва ненависти и нетерпимости к инаковерующим заражала даже самых светлых разумом и чистых духом испанцев. Вспомним, что сам великий Лопе написал:

Сей сброд, что древле был рассеян Адрианом,
Отчизны нашей города
Заполонил. Сколь пагубы, ущерба и вреда
Принес он добрым христианам!
О, племя гнусное! В безудержном напоре
Ты расплодилось здесь Испании на горе.

А другой гранд нашего театра, дон Педро Кальдерон де ла Барка вложил в уста одному из любимейших своих персонажей такие слова

О, проклятые! Как много
На кострах их погибало,
Я же радовался, глядя,
Как их пламя злое гложет,
И твердил, сгребая угли:
«Смерть еретикам-собакам!
Инквизиция не дремлет».

Не забудем и дона Франсиско де Кеведо, который в настоящее время еще находится в бегах или уже схвачен за то, что счел для себя делом чести помочь оказавшемуся в беде другу с весьма сомнительной родословной, и однако же — вот ведь странность, присущая нашему подлому, притягательному и противоречивому веку — метнул в иудеев немало отравленных стрел в стихах и в прозе. А в последние полвека, когда в нашем отечестве протестантов и морисков не стало — всех извели: кого сожгли, кого выслали — и в царствование славного и великого государя Филиппа Второго присоединили к державе нашей Португалию, так что тамошние скрытые и явные сыны Израилевы оказались у нас под рукой, инквизиция набросилась на них, как шакал на падаль. Это, кстати, была еще одна из причин того, почему не заладились у всесильного нашего министра отношения с Высшим советом. Ибо дон Гаспар де Гусман Оливарес, фаворит бывшего и нынешнего королей, тщась сохранить в неприкосновенности обширное наследие Священной Римской империи и отчаянно нуждаясь в деньгах, чтобы воевать во Фландрии и держать Арагон с Каталонией в узде, пресекая — а это, доложу вам, было дело непростое, — все их попытки отложиться, памятуя, что себялюбивая знать раскошеливается с большим скрипом, а податные сословия разорены до нитки, счел, что Испания не может долее оставаться заложницей генуэзских банкиров, и решил заменить их банкирами португальскими, которые, хоть и были весьма подозрительного происхождения, зато ссужали нас деньгами — отличными, наличными, самой что ни на есть христи...— виноват, кристальной — чистоты, ибо есть ли что на свете чище чистогана? Оттого и начались у графа Оливареса трения с Государственным советом, с инквизицией и даже с самим папским нунцием, тогда как наш обожаемый монарх, человек мягкотелый и недалекий, будучи не слишком сведущ в вопросах совести — как, впрочем, и во всех прочих, — пребывал в нерешительности, хотя все же в душе склонялся к тому, что лучше бы выжать из своих подданных все до последнего медного грошика, чем отдать на поругание святую веру. Дальше — больше. Известное время спустя, уже ближе к

Во имя Божие

середине века, граф-герцог загремел в опалу, а инквизиция отыгралась за все и начала невиданную доселе травлю «новых христиан», что и загубило проект Оливареса бесповоротно, поскольку очень многие крупные банкиры и поставщики — как испанские, так и португальские — и сами подались, и капиталы свои вывезли за границу — в ту же, например, Голландию — к вящей выгоде наших заклятых врагов, которые с их помощью нас и доконали. Говорю «доконали», потому что стараниями здешних грандов и бешеных попов, равно как и тамошних еретиков — всех бы их, сволочей, и тех, и этих, в один мешок да в воду! — государство наше и так дышало на ладан. Не зря же говорится: «К шелудивой шавке все клещи липнут», — так что, может, нам, испанцам, никого и не надо было для нашей погибели, ибо всегда мы отличались редкостным умением так гадить сами себе, как и злейший враг не напакостит.

И вот в какие хитросплетенные тенета угодил я, безусый юнец, вот за что предстояло мне, судя по всему, расплатиться собственной тоненькой шейкой. Я вздохнул от безнадежности. Взглянул на спрашивавшего — это был все тот же монах помоложе. Писарь выжидал, занеся перо над бумагой и глядя на меня так, что ясно становилось — быть мне вскорости обугленной головешкой, есть к тому все основания.

— Я не знаком ни с кем из семейства де ла Крус, — ответил я, стараясь, чтобы голос мой звучал как можно более убедительно. — И потому не способен судить о том, сколь чиста их кровь.

Писарь, кивнув себе самому: дескать, иного ответа и не ждал, — взялся за свое гнусное дело, заскреб перышком. Самый старший из монахов — тот, чья наружность так неприятно поразила меня, — не сводил с меня глаз.

— Известно ли тебе, — продолжал молодой, — что над Эльвирой де ла Крус тяготеет обвинение в том, что она, отправляя обряды иудейской веры, вовлекала в них других монахинь и послушниц?

Я сглотнул. То есть попытался, и у меня ничего не вышло, ибо — видит Бог — во рту у меня было сухо, как в печи. Ловушка захлопнулась, и надо сказать, что подстроили ее с дьявольской ловкостью. И снова ответил я отрицательно, все больше страшась того, что представало моему мысленному взору.

— Известно ли тебе, что ее отец и братья, вступив в сговор с иными иудействующими, предприняли попытку освободить Эльвиру, после того, как капеллан и настоятельница разоблачили ее и содержали под замком?

Ох, как явственно запахло жареным, и я даже знал, чье мясо скоро зашипит на огне. Но снова ответил «нет» — только на этот раз молча, ибо голос мне отказал. Что ж, насиловать его я не стал и потому беззвучно качнул головой. Однако неумолимый монах — не знаю, состоял ли он в должности фискала или еще кого, — не унимался:

— И ты отрицаешь, что вкупе со своими сообщниками участвовал в иудейском заговоре?

Тут, несмотря на то, что страх мой сделался еще сильней, я обрел возможность говорить. И сказал:

Во имя Божие

— Я — баск и принадлежу к древнему христианскому роду. Так же, как мой отец, который на поле брани отдал жизнь за короля.

Инквизитор пренебрежительно махнул рукой, будто говоря: эка невидаль, велика важность — погибнуть за короля. В этот миг тощий доминиканец, до сей поры хранивший молчание, склонился к нему и что-то прошептал на ухо. Молодой почтительно кивнул. Тощий повернулся и впервые обратился ко мне, и в его глуховатом голосе звучала такая угроза, что по сравнению с ним его предшественник показался мне живым воплощением сочувствия и понимания.

— Назови свое имя, — приказал этот иссохший старик.

— Иньиго.

Пронизывающий взгляд запавших, горячечно сверкающих глаз заставил меня запнуться.

— Иньиго... А дальше?

— Иньиго Бальбоа.

— Как фамилия твоей матери?

— Ее зовут Амайя Агирре, ваше преподобие.

Все это я уже говорил прежде, все это имелось в бумагах, так что ухо следовало держать востро. Инквизитор поглядел на меня с каким-то свирепым удовлетворением.

— Бальбоа — это португальская фамилия.

Земля качнулась у меня под ногами, ибо я понял, куда нацелена отравленная стрела этих слов. Мои предки и вправду происходили из Португалии, оттуда вышел мой дед, покинувший отчизну, чтобы воевать под знаменами испанского короля. В одно мгновение — я ведь говорил вам, господа, что смекалкой меня Бог не обидел — вся подоплека предстала передо мной с такой режущей отчетливостью, что будь поблизости открыта дверь, я вылетел бы из нее кубарем. Я искоса взглянул на стоявшую у стены деревянную кобылу, ожидавшую седока, вспомнил, что инквизиция никогда не использует пытку в качестве наказания — но лишь как средство установления истины, — и это воспоминание не осенило мою душу спокойствием. Оставалось уповать на то, что по уставу Священного Трибунала пыткам не могут быть подвергнуты люди, имеющие особые заслуги перед государством, королевские советники, беременные женщины, слуги, допрашиваемые с целью получения у них показаний на хозяев, и лица, не достигшие четырнадцати лет. Ну, то есть, я. Впрочем, мне до исполнения этого рокового срока оставалось всего ничего, и можно ли было сомневаться, что инквизиторы, способные отыскать в моей родословной предка-иудея, спасуют перед тем, чтобы ради святого дела прибавить мне умопостигаемым, так сказать, образом три недостающих месяца? Так что как бы не пришлось мне на этой кобыле поскакать.

— Мой отец не был португальцем! — возразил я с негодованием. — Он происходит из Леона, как и дед, который, вернувшись с войны, поселился в Оньяте и обзавелся там семьей... Он был солдат и христианин в двенадцатом колене.

— Все так говорят.

_____

Во имя Божие

И тут раздался крик — чуть приглушенный расстоянием женский крик, исполненный ужаса и муки, и столь неистовый, что, пролетев по всем переходам и коридорам, через закрытую дверь ворвался в эту комнату. Инквизиторы, будто не слыша его, продолжали невозмутимо глядеть на меня. Я затрепетал от ужаса, когда сухопарый доминиканец чуть скосил свои лихорадочно горящие глаза на пыточный арсенал у стены, а потом вновь уставился мне в лицо.

— Сколько тебе лет? — спросил он.

Женщина вновь закричала — и этот отчаянный крик хлестнул меня, как бичом. И снова мне показалось, что слышу его я один — все остальные даже бровью не повели. Глубоко посаженные глаза доминиканца пылали, словно два уготованных мне костра. Я затрясся, как в приступе малярии, и еле выговорил:

— Тринадцать.

Повисла гнетущая тишина, которую нарушало только скребущее о бумагу перо. «Хорошо бы, чтоб он и это записал», — мелькнуло у меня в голове. Тринадцать — и ни днем больше. В этот миг доминиканец обратился ко мне снова, и глаза его разгорелись еще ярче — по-новому и неожиданно заблестели ненавистью и презрением.

— Ну а теперь мы потолкуем о капитане Алатристе, — произнес он.

VI

Церковь Св. Хинеса

Игорный дом был полон народу, готового поставить на кон все что угодно, включая и собственную душу. Под оглушительный гомон и мельтешение завсегдатаев, новичков и попрошаек, ожидающих подачки с сорванного куша, Хуан Вигонь, бывший кавалерийский сержант, искалеченный под Ньипортом, с довольной улыбкой пробирался через комнату, стараясь не расплескать кувшин красного «Де Торо». За каждым из шести столов шла игра — мелькали карты, кости, монеты, менялись руки, звучали вздохи, проклятия, богохульства и божба, горели алчные взоры. В свете толстых сальных свечей блестело золото, сверкало серебро — дело шло так, что любо-дорого. Заведение Хуана помещалось в подвале некоего дома, расположенного совсем неподалеку от Пласа-Майор, и там можно было сыграть в любую игру, не запрещенную указами нашего короля, а равно и в те, которые закон не одобрял, — в последнем случае желательно было не привлекать к себе внимания. И неиссякаемое их разнообразие было подстать неистощимому воображению игроков. Практиковались здесь ломбер, «сто», «свои козыри» — игры, так сказать, коммерческие, но также и «девятка», и «очко», в награду за ту быстроту, с коей мог человек, не успев перевести дух, продуться в пух, получившие почетное наименование «шпажных».

> Коль близко к сердцу принимал их —
> Для драки поводы — рви шпагу из ножон! —
> А коль играть — играть лишь с тем резон,
> кто при деньгах — и при немалых.

Никого не смущало, что всего несколько месяцев назад вышел королевский указ, в соответствии с которым подлежали закрытию все игорные дома, поскольку четвертый наш Филипп, по молодости лет преисполненный наилучших, самых что ни на есть душеполезных, отменно благих намерений, помышлял, всячески к этому поощряемый своим благочестивым духовником, о таких славных вещах, как догмат непорочного зачатия, торжество католической веры во всей Европе и нравственное возрождение своих подданных в обоих полушариях, однако все это, равно как и попытки уничтожить дома терпимости — о торжестве католицизма в Европе я уж и не говорю — сгнивало, с позволения сказать, на корню, осыпалось, в рост пойти не успев. Ибо пробудить страсть в душе испанцев, управляемых отпрысками Габсбургского дома, могли, помимо театра, боя быков и еще одного — о нем будет сказано особо в надлежащем месте — только карты. В городках с населением в три тысячи жителей изводили за год пятьсот дюжин колод — игра шла и прямо на улицах, где истинные мастера своего дела передергивали и подтасовывали с искусством несравненным, а облапошив и обштопав простодушных и доверчивых прохожих, скрывались под шумок, и в игорных домах — легальных и подпольных, — и в тюрьмах, и в притонах, и в заведениях с девочками, и в тавернах, и в казармах. Большие города — вроде Мадрида или Севильи — кишмя кишели разными проходимцами и лоботрясами с тугой мошной, только и мечтавшими распечатать свеженькую колоду или взять в руку стаканчик с костями. Играли все: знать и простонародье, владетельные сеньоры и мошенники, мужчины и женщины — последние, хоть и не допускались в заведения, подобные тому, которое содержал Хуан Вигонь, но умудрялись до отказа заполнять другие, отличавшиеся большей свободой нравов, и уж там трефы с бубнами не путали. А поскольку мы, испанцы, были и остаемся людьми вспыльчивыми и щепетильными, привыкшими чуть что — хвататься за оружие, излишним считаю добавлять, что очень часто в лицо партнеру летели карты, а следом вылетали из ножен шпаги.

Прежде чем завершить свой обход, Вигонь бдительно покосился на нескольких известных ему «профессоров цыганского факультета», как называл он шулеров, всегда готовых в нужный момент вытянуть из рукава пятого туза и подменить колоду крапленными картами. Остановился он и для того, чтобы

Церковь Св. Хинеса

учтивейшим образом раскланяться с доном Раулем
де ла Поса, идальго, происходящим из весьма состо-
ятельной семьи: обстоятельство, которое не то что
не мешало, а весьма помогало ему вести наибеспут-
нейший образ жизни. Дон Рауль, человек твердых
правил, всегда появлялся в игорном доме непосред-
ственно после визита в дом публичный, что на улице Франкос, где также был завсегдатаем и дорогим
гостем, и играл ночь напролет, а в семь утра шел к
заутрене в церковь Св. Хинеса. За его столом эскудо
текли рекой, а вокруг всегда толклась орава прихле-
бателей, которые снимали нагар со свечей, подавали
вино и даже — в тех случаях, когда дону Раулю везло,
и он боялся отлучиться, чтоб не спугнуть удачу, —
подносили урыльник. За это с каждого сорванного
куша они получали законное вознаграждение — ре-
ал или два. Вигоня успокоило, что сегодня вечером
дон Рауль был в компании маркиза де Абадеса и еще
нескольких друзей, ибо едва ли не каждый день
трое-четверо темных личностей поджидали его у
выхода с тем, чтобы облегчить ему бремя выигрыша.

Диего Алатристе поблагодарил хозяина и одним духом опростал кувшин. Небритый, осунувшийся, скин-
ув колет, но не сняв сапог, сидел он на топчане в
особой комнатке, оборудованной Хуаном Вигонем,
чтобы можно было отдохнуть и через жалюзи, оставаясь невидимым, наблюдать за тем, что происходит в игорной зале. Шпага на табурете в головах, за-
ряженный пистолет поверх одеяла, кинжал под по-
душкой и тревожный взгляд, время от времени

устремляемый сквозь деревянную решетку, свидетельствовали о том, что капитан готов к любым неожиданностям. Через маленькую, едва заметную дверку можно было попасть в коридор, а оттуда — прямо на площадь Пласа-Майор. Хуан заметил — Алатристе устроился так, чтобы в случае необходимости мгновенно собрать свою амуницию и начать стремительную ретираду. За последние двое суток капитан впервые прилег и забылся сном крепким, но чутким, ибо Вигонь, появившийся в этой комнатке с вопросом, не надо ли чего, прежде всего увидел уставленное себе в лоб дуло пистолета.

Алатристе ничего не спросил и, стало быть, ничем не показал, какое нетерпение его снедает. Вернул Вигоню пустой кувшин и выжидательно уставился на него зеленоватыми неподвижными глазами — от тусклого света масляной плошки, горевшей на столе, зрачки их были расширены.

— Будет ждать тебя через полчаса, — промолвил отставной сержант. — У церкви Святого Хинеса.

— Как он?

— Вполне. Эти два дня он провел в доме своего друга, герцога де Мединасели, и никто его не трогал. Глашатаи не объявили о том, что он разыскивается, ни полиция, ни инквизиция за ним не следят. И вообще вся эта история покуда не всплыла.

Капитан раздумчиво покивал. Что ж, ничего странного — все закономерно. Инквизиция — такое ведомство, что в колокола звонить не станет, покуда концы с концами не сойдутся намертво. А дело-то пока брошено на полдороге. И не есть ли

Церковь Св. Хинеса

полное отсутствие новостей частью хитроумного замысла?

— Ну а что говорят на паперти Сан-Фелипе?

— Передают друг другу слухи... — Вигонь пожал плечами. — Что, мол, у ворот бенедиктинской обители случилась драка и есть убитые... Но считают, что устроили это поклонники кого-то из монашек.

— Домой ко мне наведывались?

— Нет. Но Мартин Салданья наверняка что-то почуял, иначе не появился бы в таверне. По словам Непрухи выходит, что он ничего определенного не сказал, но кое-что дал понять. Намекнул, что служба коррехидора[1] не вмешивается, но дом взят под наблюдение. Кем — не пояснил, но можно понять, что он намекал на фискалов инквизиции. Ясней некуда: сам Салданья эту чакону плясать не будет, ну а ты спасай свою шкуру. Дело, по всей видимости, довольно тонкое, приглядывают за ним в три глаза, и никого постороннего, как видишь, близко не подпускают...

— Об Иньиго — ничего нового?

Бесстрастный взгляд, невозмутимый тон. Ветеран Ньипорта осекся в смущении, стал вертеть единственной своей рукой кувшин.

— Ничего, — ответил наконец он, понизив голос. — Как сквозь землю провалился.

Алатристе еще мгновение сидел неподвижно и молча, рассматривая пол у себя под ногами. Затем поднялся:

1 Римский император Адриан (117—138), жестоко подавив освободительное восстание иудеев под предводительством Бар-Кохбы, разрушил Иерусалимский храм. Это событие положило начало «рассеянию».

— С преподобным Пересом говорил?

— Он старается, да пока толку мало. — Хуан смотрел, как Алатристе натягивает нагрудник из буйволовой кожи. — Сам знаешь, иезуиты с доминиканцами тайн друг другу не поверяют, и если мальчика взяли в трибунал, это выяснится не скоро. Перес, как только что-нибудь узнает, сейчас же тебя уведомит. И еще... Предлагает тебе спрятаться в церкви де ла Компаниа. Убежище надежное. Говорит, оттуда инквизиторы тебя не выцарапают, даже если ты зарезал папского нунция. — Через деревянные жалюзи он оглядел игорный зал и вновь повернулся к Алатристе. — И все же, Диего, от всей души надеюсь, что ты *не* зарезал папского нунция, хоть и не знаю, в чем там у тебя дело.

Капитан взял с табурета шпагу, задвинул ее в ножны. Туго затянул пояс, сунул за него кремневый пистолет, предварительно взведя курок и убедившись, что заряд на месте.

— Расскажу как-нибудь, — сказал он.

Он собрался исчезнуть так же, как появился — не вдаваясь в объяснения, не рассыпаясь в благодарностях: в том мире, откуда происходил и он, и безрукий кавалерийский сержант, подобные церемонии были не приняты.

— Нет уж, благодарю покорно, — с грубым солдатским смехом отвечал Вигонь. — Я тебе друг, но пороком любопытства не страдаю. И потом... знаешь, намыленная пенька — это очень вредно для здоровья... Так что лучше ты мне ничего не рассказывай.

Церковь Св.Хинеса

Была уже глубокая ночь, когда, завернувшись в плащ и низко надвинув шляпу, капитан вступил под аркады Пласа-Майор и прошел до самой улицы Нуэва. Никто из случайных прохожих не обращал на него внимания, кроме одной ночной феи, вывернувшейся ему навстречу и без особенного воодушевления предложившей за скромную мзду облегчить его тягости. Миновав площадь Гвадалахарских ворот, где возле закрытых на ночь ювелирных лавок дремали двое караульных, он, дабы избегнуть вполне возможной встречи с полицейским дозором, сразу же свернул и двинулся вниз по улице Илерас, а дойдя до набережной, вновь пошел вверх, покуда не оказался перед церковью Св. Хинеса, у которой в этот час дышали свежим воздухом невольные затворники.

Вам, наверно, известно, господа, что в ту эпоху церкви обладали правом убежища, куда не дотягивались щупальца светского правосудия. А потому тот, кто ограбил, ранил или убил ближнего своего, мог спрятаться в ближайшей церкви или монастыре, тамошние клирики же, ревниво оберегая свои привилегии, зубами и когтями защищали бы его от королевской власти. Обычай этот был столь распространен, что во многих знаменитых церквях набиралась чертова уйма людей, пользовавшихся неприкосновенностью Божьего храма. В тесноте да не в обиде обитали там отборнейшие отбросы общества, подонки всех видов и мастей, и, право, веревок бы не хватило воздать им всем по заслугам. Диего Алатристе и сам — по роду своей деятельности — вынужден бывал прибегать к праву убежища, да и дон Франсиско де Кеведо в молодости, говорят, оказывался в подобных местах, а то и кое-где похуже: выполняя волю герцога де Осуны, жил он в Венеции под видом нищего бродяги. Ну, так или иначе, «Апельсиновый двор» в Севильском кафедральном соборе и добрых полдесятка мадридских церквей — и среди них церковь Св. Хинеса — служили приютом — сомнительная честь! — цвету преступного сообщества, аристократии уголовного мира. И вся эта братия, которой, согласитесь, тоже ведь надо есть-пить, отправлять естественные надобности и решать дела, требующие их непременного участия и личного присутствия, ночью выползала наружу — не на свет Божий, так в чертову тьму — чтобы размяться, вспомнить профессиональные навыки, свести с кем нужно счеты. Здесь же назначали они встречи с дружками, возлюбленными, подельниками, а потому не только все прилегающие к церкви улицы и переулки, а и, можно сказать, весь приход делался по ночам одной огромной таверной или веселым домом или, говоря короче, — притоном, где бахвалились подвигами истинными и вымышленными, разбирались проступки, выносились смертные приговоры и где, высокопарно выражаясь, бился пульс Испании отчаянной и преступной, Испании дерзкой и мерзкой, Испании проходимцев и жулья, и пусть память об этих рыцарях ножа и отмычки на полотнах, украшающих стены дворцов, не запечатлена, зато увековечена в бессмертных стихах. Кое-какие из них — и, полагаю, не самые худшие — написаны все тем же доном Франсиско:

Церковь Св. Хинеса

> Как-то раз в веселом доме
> Мой клинок напился крови,
> Точно пьявка, и за это
> Был я брошен за решетку.

А церковь Св. Хинеса была одним из любимейших мест этих изгоев, с наступлением темноты выползавших глотнуть свежего воздуха — и не только его, ибо в заполнявшей паперть и площадь многолюдной толпе мгновенно появлялись бродячие разносчики, причем толпа эта исчезала как по волшебству, стоило лишь в отдалении замаячить полицейскому наряду. Когда Диего Алатристе вступил на узенькую улочку, на ней уже толклось душ тридцать — убийцы, грабители, воры, громилы, содержательницы притонов, скупщики краденого, сводники — и все они горланили и галдели, перебивая друг друга, накачиваясь скверным винищем из бурдюков и больших оплетенных бутылей. Единственный слабый фонарик, раскачивавшийся на углу под аркой, света давал мало, и бо́льшая часть улочки тонула во мраке, а бо́льшая часть топтавшихся на ней прятала лица, так что царившее здесь оживление отнюдь не делало обстановку менее зловещей, но именно это наилучшим образом и отвечало намерениям капитана. Постороннему — будь то случайный прохожий, соглядатай или полицейский, не в добрый час рискнувший явиться сюда в одиночку и не обвешанным оружием с ног до головы — выпустили бы кишки в мгновение ока.

Вскоре Алатристе приметил стоявшего под фонарем Кеведо и, стараясь не привлекать внимания, приблизился к нему. Они отошли в сторонку, прикрывая лица полами плащей и нахлобучив шляпы до самых бровей — впрочем, не менее половины присутствующих вполне непринужденно разгуливало здесь точно в таком же виде.

— Мои друзья сумели кое-что разузнать, — заговорил поэт после первого обмена неутешительными новостями. — Не вызывает сомнений, что дона Висенте и его сыновей плотно пасла инквизиция. И я нутром чую — кто-то использовал нашу затею, чтобы одним выстрелом убить двух зайцев...

И, понизив голос, замолкая, если кто-то подходил слишком близко, дон Франсиско поведал Алатристе некоторые подробности, предшествовавшие злосчастному предприятию. Священный Трибунал, проведав от своих шпионов о замысле валенсианцев, терпеливо выжидал, чтобы схватить их в самую последнюю минуту — взять на месте преступления с поличным. И вовсе не потому, что хотел стать на защиту падре Короадо — напротив: раз уж тот пребывал под покровительством Оливареса, с которым инквизиция была в глухой вражде, можно было надеяться, что скандал опорочит и саму обитель, и министра. А попутно и заодно собирались схватить семейство «новых христиан», обвинить их в тайном отправлении обрядов иудейской веры и сжечь на костре. Плохо ли? Вот за сколькими зайцами погнались ревнители истинной веры. Беда в том, что никого не поймали: дон Висенте и меньшой его сын дон Луис живыми не дались — оказали отчаянное сопротивление и были убиты. Старший же сын, дон

Церковь Св. Хинеса

Херонимо, тяжело раненный, сумел-таки уйти и теперь скрывался неведомо где.

— А мы? — спросил Алатристе.

Поэт мотнул головой — блеснули стеклышки его очков.

— Наши имена не всплыли. Было так темно, что нас не опознали. А те, кто подошел вплотную, уже ничего не расскажут.

— Тем не менее о нашем участии известно.

— Не исключено... — Дон Франсиско неопределенно пожал плечами. — Однако неоспоримых улик у них нет... А без прямых доказательств... Я теперь опять в фаворе у короля и Оливареса, так что меня голыми руками не возьмешь. — Он замолчал, и лицо его выразило озабоченность. — Что же касается вас, друг мой... С них станется вменить вам в вину что-нибудь. Полагаю, идет активный, хоть и негласный розыск.

Мимо, ведя живой, искрометный, оскорбляющий слух диалог, прошли двое громил и сводня. Капитан и Кеведо, пропуская их, придвинулись к стене вплотную.

— А что сталось с Эльвирой де ла Крус?

— Под стражей. Бедная девушка — ей придется хуже всех... Ее содержат в Толедо, в секретной тюрьме, так что, боюсь, оттуда ей дорога — прямо на костер.

— А Иньиго? — Голос Алатристе, приберегшего этот вопрос под конец, звучал ровно и холодно.

Ответ последовал не сразу. Дон Франсиско огляделся по сторонам. В полумраке бродили и галдели тени.

— Он тоже в Толедо, — и снова замолчал, а потом поник головой. — Его взяли у монастыря.

Алатристе не проронил ни звука и довольно долго стоял молча, разглядывая мельтешение толпы. С угла донесся гитарный перебор.

— Мал еще по тюрьмам сидеть, — произнес капитан наконец. — Надо его оттуда вытащить.

— Невозможно! — зашептал поэт. — Смотрите, Диего, как бы самому не оказаться с ним по соседству... Воображаю, как выколачивают из него показания на вас.

— Они не посмеют истязать мальчишку!

Дон Франсиско горько хмыкнул, прикрыв рот полой плаща:

— Инквизиция, дорогой капитан, посмеет и не такое.

— Тем более надо его выручать.

Алатристе произнес эти слова с ледяным и бесстрастным упорством, устремив глаза в дальний конец галереи, откуда слышалась гитара. Кеведо посмотрел туда же.

— Разумеется, надо, вот только — как?

— У вас есть друзья при дворе.

— Я давно уже поднял на ноги всех, кого можно. Разве я не помню, что втравил вас в это дело?

Капитан Алатристе чуть повел рукой, показывая этим легким движением, что надеется на дружеское содействие поэта, однако ни в чем его не винит и не упрекает. Он согласился выполнить некую работу, и ему за нее было заплачено: вызволять своего пажа — его, и только его дело. Произнеся этот безмолвный монолог, он замер в неподвижности — и так надолго, что дон Франсиско стал поглядывать на него с тревогой:

— Вы только не вздумайте сдаться им. Помочь никому не поможете, а себя погубите.

Капитан продолжал молчать. Трое-четверо личностей гнусного вида, остановясь неподалеку, вели беседу, щедро уснащая ее бранью и ежеминутно повторяя «Клянусь честью!», хотя не имели с ней ровно ничего общего. Обращались они друг к другу по именам, едва ли значащимся в святцах — «Гонибес» и «Руколом».

— Вы, — снова заговорил Алатристе, понизив голос, — упомянули, что инквизиция убивает нескольких зайцев... И кто же еще среди этой дичи?

— Вы, — так же негромко отвечал дон Франсиско. — Только вас пока загнать не удалось... Весь хитроумный замысел принадлежит, судя по всему, двум вашим старинным знакомцам — Луису де Алькесару и падре Эмилио Боканегра.

— Черт возьми.

Кеведо замолчал, думая, что капитан что-нибудь добавит к этому — но не дождался. Закутавшись в плащ, Алатристе продолжал оглядывать галерею, густая тень от опущенного поля шляпы скрывала его лицо.

— И, судя по всему, они вам не простили той истории с принцем Уэльским и Бекингэмом... А теперь им представился благословенный случай сквитаться: лучше не придумаешь — монастырский капеллан, которому покровительствует Оливарес, семейство обращенных и ваша милость. Всех в одну вязанку — и в костер!..

В этот миг один из бродяг отступил назад, чтобы, закинув голову, поднести к губам маленький бурдючок, и наткнулся на Кеведо. Загремев оружием, он тотчас обернулся и обратился к нему весьма неучтиво:

— Вконец ослеп, четырехглазый? Смотри, куда прешь!

Поэт поглядел на него насмешливо и, сделав шаг в сторону, процедил сквозь зубы:

> Равен доблестью Бернардо,
> Схож отвагою с Роландом[1]...

Задира эти слова расслышал и почел себя оскорбленным.

— Клянусь телом Христовым! — воскликнул он. — Какой я тебе Бернардо? Какой еще Роланд?[2] Я ношу славное имя Антона Новильо де ла Гамелья! Я — дворянин, и у меня рука не дрогнет начисто отчекрыжить уши всякому, кто станет мне дерзить!

Он уже держался за рукоять шпаги, делая вид, что ему не терпится обнажить ее, однако прежде хотел понять, с каким противником придется иметь дело. Тут подоспели его сподвижники, не уступавшие ему буйным нравом и драчливостью, и, расставив ноги, бряцая оружием, крутя усы, взяли поэта с капитаном в полукольцо. Все они принадлежали к особям той

---

1 Мэр, назначаемый королем.
2 Бернардо дель Карпьо — легендарный победитель Роланда в Ронсевальском ущелье; его героическая биография была создана народными романсами, старыми хрониками и не дошедшим до нас эпосом.

породы, которые так тщеславятся своей отвагой, что готовы исповедаться, пожалуй, и в несовершённых грехах. Однако и дон Франсиско был не из пугливых. Алатристе видел, как он выпростал из-под плаща рукояти шпаги и кинжала и, не открывая полностью лицо, прикрыл полой живот. Капитан только собрался было последовать его примеру, ибо закоулки вокруг церкви были самим Богом созданы для смертоубийства, как вдруг один из этих молодцов — здоровенный малый в берете, с длиннющей шпагой на широкой перевязи поперек груди — произнес:

— Напрасно вас, сеньоры, санесло в наси края. У нас ведь тут с несваными — как с виноградом: сок пустим, скурку сплюнем...

Шрамов, рубцов и прочих отметин у него на физиономии было больше, чем бемолей и диезов в сборнике нот. Выговор выдавал в нем уроженца Кордовы, чей опасный нрав вошел в поговорку наравне с податливостью валенсианок. Он тоже высвободил шпагу, чтоб не запуталась в плаще, но доставать ее из ножен не спешил — дожидался, когда выдвинутся на подмогу еще сколько-нибудь дружков, ибо двукратный численный перевес казался ему, видно, недостаточным.

Тут, ко всеобщему удивлению, капитан Алатристе расхохотался.

— Полно, Типун, — сказал он с ласковой насмешкой. — Ты уж смилуйся над нами, пожалей, не режь сразу, дай еще подышать. Уважь — в память о былом.

Кордовец в замешательстве воззрился на него, силясь узнать, несмотря на полумрак и плащ, которым Алатристе по-прежнему прикрывал лицо. Потом поскреб затылок под беретом, сдвинув его на самые брови — сросшиеся так густо, что казались одной сплошной линией.

— Матерь Бозья, — пробормотал он. — Стоб я сдох бес покаяния, если это не капитан Алатристе!

— Он самый, — отвечал тот. — И в последний раз виделись мы с тобой в каталажке.

Именно так оно и было. Капитан, за долги посаженный в тюрьму, для знакомства приставил обвалочный нож к горлу этого малого — Бартоло Типуна, который вел себя в камере слишком уж по-хозяйски. Поступок этот подтвердил репутацию Алатристе как человека, на которого где сядешь, там и слезешь, и снискал ему уважение кордовца и других арестантов. И до высот заоблачных вознеслось оно, когда стал капитан делиться со своими сокамерниками вином и кое-какой снедью, передаваемой с воли Каридад Непрухой и друзьями, которые хотели скрасить ему тяготы заключения.

— Что, милейший мой Типун, ты, я вижу, не образумился и с законом по-прежнему не в ладах, а?

Услышав такие речи, прочие громилы, не исключая и Антонио Новильо де ла Гамелья, переменили обращение и теперь взирали на происходящее с сочувственным любопытством и даже известным почтением, ибо последовали примеру своего вожака, чье мнение было в их глазах весомей папской энциклики. И сам Типун был немало польщен тем, что капитан узнал и вспомнил его.

— Истинная правда, сеньор капитан, — ответил он, и не верилось, что это он минуту назад толковал про сок и шкурку. — Ох, сидеть бы мне в цепях за веслом на королевской холере... тьфу, галере — впрочем, одно другого не лучше — если б не моя милка, Бласа Писорра: она переспала с писцом, а тот дал наводку к судье... Сунули и отмазали.

— А чего же в норке сидишь? Или, может быть, в гости зашел?

— Ох, не в гости, не в гости, — воскликнул, всем видом своим являя покорность судьбе, Типун. — Три дня назад мы с товарисчами вынули дусу из одного легавого, вот и попросились в церковь пересидеть, пока шуматоха не уляжется, власти не угомонятся. Ну, или пока моя сустрая бабенка не раздобудет сколько-то дукатов, сами ведь снаете: не змись — и не призат будешь.

— Я рад тебя видеть.

Бартоло осклабил пасть, огромную и темную, как пещера, в подобии дружеской улыбки:

— А уж я как рад, что вы в добром здравии. И, верьте слову, мозете располагать мною и всем этим добром. — Тут он похлопал по шпаге, отчего она со звонким лязгом ударилась о рукояти кинжала и нескольких ножей. — Я ваш со всеми потрохами, готов служить чем могу, особенно если понадобится вдруг кого спровадить в сарствие небесное. — Он примирительно взглянул на Кеведо и вновь обернулся к Алатристе. — Просения просим, что так вышло.

Мимо, подобрав юбки, пробежали две уличных красотки. Смолкла гитара на углу, и весь сброд, толпившийся на галерейке, встрепенулся в тревоге.

— Облава! Облава! — крикнул кто-то.

На углу уже появились блюстители порядка — и в немалом числе. Послышались крики: «Стоять, ни с места! Стоять, кому сказано!», а потом — пресловутое: «Именем короля!» Фонарь погас, а все «прихожане» рассеялись с быстротой молнии: одни юркнули в церковь, другие ринулись на Калье-Майор. И скорее, чем душа вылетает из тела, опустели окрестности церкви Святого Хинеса.

По дороге из игорного дома Хуана Вигоня капитан обогнул Пласа-Майор и задержался напротив таверны «У турка». Невидимый в темноте, он довольно долго стоял на противоположной стороне улицы, глядя на закрытое ставнями освещенное окно второго этажа, где обитала Каридад Непруха. Она то ли не спала, то ли не задула свечу, чтобы подать ему знак: «Я здесь, я жду тебя». Но Диего Алатристе не пересек улицу, а только ниже надвинул шляпу, плотнее прикрыл лицо полой плаща, теснее прижался спиной к стене, стараясь раствориться во мраке. Улица Толедо и угол улицы Аркебузы были пустынны, но кто мог бы поручиться, что из какого-нибудь укромного места не наблюдает за ним соглядатай. Капитан видел только безлюдную улицу и освещенное окно, за которым, как ему казалось, иногда мелькала тень. Быть может, это Каридад бродит по комнате, ждет его? Он вспомнил ее смуглые голые плечи, выступающие из выреза ночной сорочки, присобранной на груди нетугим узлом тесемки, ощутил аромат этой плоти, которая — сколько бы ни было битв покупной любви, в скольких бы схватках, оплаченных на время или на ночь, ни побывала она, сколько бы чужих рук и уст ни проползало по ней в свое время — так и не утратила упругой и жаркой первозданной красоты и по-прежнему умела вселять в него умиротворение, сравнимое лишь с забвением или сном.

Капитана одолевало желание перейти на другую сторону, избыть в этом радушном теле свою мучительную тревогу, но осторожность пересилила. Он дотронулся до рукояти *бискайца*, который носил на левом боку, рядом со шпагой — прикрытый плащом пистолет уравновешивал его справа, — и вновь принялся буравить глазами ночную темь: не выскользнет ли откуда-нибудь силуэт врага? О, как бы он хотел сейчас встретиться с ним! С той минуты, когда он узнал, что меня схватила инквизиция, а тем более — когда дон Франсиско открыл ему, кто же сплел эту интригу, Алатристе постоянно терзался жгучей ледяной ненавистью, перемешанной с отчаяньем, и никак не мог избавиться от этих чувств. Судьба дона Висенте, его сыновей, его дочери, сидящей под стражей, не слишком его заботила. По правилам той опасной игры, где нередко на кону стояла собственная шкура, в их гибели не было ничего особенного. Это как на войне — в каждом бою потери неизбежны, и капитан с самого начала принимал их со своей обычной невозмутимостью, которая иногда казалась безразличием, но была всего лишь умением старого солдата стоически переносить удары судьбы.

Но со мной дело обстояло иначе. Я — уж извините за столь высокопарное выражение — вызывал у капитана Алатристе, повидавшего виды и на фламандских полях сражений, и в нашей опасной Испании, чувство, которое можно было бы назвать угрызениями совести. И меня он не мог вот так просто, за здорово живешь, списать в расход, внести в перечень убитых при неудачном штурме или захлебнувшейся атаке. Хотелось того капитану или нет, он отвечал за меня. И точно так же, как не ты выбираешь себе друзей и женщин, а они — тебя, жизнь, мой покойный отец, причуды судьбы заставили наши с ним пути пересечься, и не надо закрывать глаза на непреложное и невеселое обстоятельство — эта встреча сделала капитана более уязвимым. Жизнь Диего Алатристе складывалась так, что был он ничем не лучше всякого другого, а проще говоря — изрядной сволочью, однако принадлежал к той их разновидности, которые никогда не нарушают ими самими установленные правила. Именно потому стоял он здесь молча и неподвижно: таков был его способ предаваться отчаянью — один из многих возможных. Именно потому шарил он взглядом по уходящей во тьму улице, мечтая встретить соглядатая, шпиона, фискала, любого врага, и с его помощью унять тоску, от которой сводило желудок и ломило намертво сцепленные челюсти. Как хотелось ему бесшумно выскользнуть навстречу из темноты, прижать к стене, глуша его вскрик полой плаща, молча, без единого слова, всадить ему в глотку клинок и держать, покуда не перестанет дергаться и не отправится прямо в ад. Ибо если соблюдать правила, то — свои собственные. А правила капитана Алатристе были именно таковы.

VII

Люди, читающие одну книгу

У Бога, как известно, всего много — и золы, и золота, и золотарей. И воронья, и галок. И в дознавателях у него недостатка нет. Так что мне пришлось солоно. Хотя, справедливости ради скажу, что настоящей пытке не подвергся. Инквизиция руководствовалась уставом и при всей своей жестокости и фанатизме исполняла его неукоснительно. Получил я немало оплеух и затрещин — что правда то правда. Секли меня и стегали — и это было, врать не хочу. Да и само сидение — тоже не сахар. И все же то обстоятельство, что не исполнилось мне этих роковых четырнадцати, упасло меня от близкого знакомства со зловещим деревянным сооружением, снабженным всякими гадостными устройствами для мучительства, и даже били меня не так сильно, не так часто, не так долго, как других. Другим, надо сказать, повезло меньше. Уж не знаю, проходили они через эту процедуру, когда человека вздергивают на дыбу, покуда руки-ноги не выскочат из сочленений, но женский крик, который слышал я на первом допросе, повторялся и впоследствии с завидной частотою, пока вдруг однажды не смолк. Это произошло в тот самый день, когда я увидел наконец несчастную Эльвиру де ла Крус.

Она оказалась низкорослой, плотной и не имела ничего общего с тем, что рисовалось моему воображению, распаленному чтением рыцарских романов. Впрочем, даже будь она от природы наделена самой что ни на есть небесной красотой, что бы осталось от нее после всех этих истязаний и терзаний? Кожа была безжалостно исхлестана, покрасневшие глаза запали от бессонницы и мучений, на запястьях и щиколотках виднелись глубокие борозды — память о кандалах. Эльвира сидела — вскоре я узнал, что стоять без посторонней помощи она не может, — и никогда прежде не доводилось мне видеть такой потухший, безжизненный, отсутствующий взгляд: была в нем и безмерная усталость, и страдание, и горечь, и всеведение человека, оказавшегося на самом дне невообразимо глубокой пропасти. Девице этой едва ли исполнилось девятнадцать лет, но выглядела она немощной старухой — малейшее движение давалось ей с неимоверным трудом и, видимо, вызывало боль, словно злой недуг или преждевременная дряхлость переломали Эльвире все кости, разъяли суставы. И, похоже, именно так оно и было.

А о себе скажу — не сочтите за хвастовство, ибо оно недостойно благородного человека — что от меня инквизиторы не услышали ни единого словечка,

Люди, читающие одну книгу

которое бы им могло пригодиться. Даже когда рыжий тщедушный палач охаживал меня плетью из бычьей кожи. И хоть спина вся была у меня сплошь во вздувшихся багровых рубцах, так что спать я мог только на животе — если только слово «спать» применимо к тому странному состоянию тревожной полудремы, в которую врывались какие-то порожденные воображением призраки — никому не удалось добиться, чтобы с губ моих, пересохших и запекшихся, слетело что-либо, кроме стонов и уверений в полнейшей моей невиновности. «В ту ночь я направлялся домой... Мой хозяин капитан Алатристе тут совершенно ни при чем... Я никогда не слышал о семье де ла Крус... Я происхожу из древнего христианского рода, а мой отец погиб за короля во Фландрии...» И все сначала: «В ту ночь я направлялся домой...»

Они не ведали жалости. В них не теплилось и малой искры сострадания или человечности, которая порой озаряет даже самые свирепые души. Монахи, судья, писарь и палачи вели себя с бесстрастным отчуждением, которое ужасало сильней, чем что-либо другое, пугало больше, чем страдания, ими причиняемые: в каждом их слове чувствовалась ледяная непреклонность людей, знающих, что законы Божеские и человеческие — на их стороне, и ни на минуту не испытывающих сомнений в справедливости творимого ими. Прошло немало лет, прежде чем я понял, что люди одинаково способны и на добрые, и на злые дела, но хуже всех — те, кто, причиняя зло, прикрываются своим подчиненным положением, оправдываются приказом, которому обязаны повиноваться, властью, которой должны покоряться. И если ужасны те, кто действует якобы от имени отчизны, монарха или еще каких господств и сил, то сущими чудовищами предстают те, кто считает, будто действия их освящены волей того или иного бога. И когда мне предоставлялось право выбора: с кем из творящих зло, если иного не дано, иметь дело, — неизменно я останавливался на тех, кто берет всю ответственность на себя и ни за чью спину не прячется. Ибо в толедских застенках выучил я накрепко — и дорого, едва ли не самой жизнью заплатил за эту науку: что из всех на свете злодеев самый презренный, гнусный и опасный — злодей, каждую ночь засыпающий с чистой совестью. Это очень, очень плохо. Особенно когда убежденность в своей правоте идет рука об руку с невежеством, с предрассудком, с глупостью да подкреплена могуществом, если же налицо все это — а так чаще всего и бывает — то вообще, как принято говорить, хуже некуда. Некуда? Да нет, есть куда — гораздо хуже, если злодей уверен, что он — носитель и провозвестник слова Божьего, на какие бы скрижали — в Талмуд, Евангелие, Коран или в писание еще не написанное — ни было оно занесено. Я не любитель давать советы, тем паче, что свой опыт в чужую башку не втемяшить, однако все-таки скажу и денег не возьму: берегитесь, господа, тех, для кого существует одна-единственная книга.

Не знаю, какую книгу читали все эти люди, но уверен, что они засыпа́ли без угрызений совести — и уповаю лишь, что сейчас, в преисподней, где будут они

Люди, читающие одну книгу

гореть во веки веков, им не до сна. К этому времени я уже понял, кто такой этот иссохший костлявый доминиканец с певучим голосом и лихорадочно горящим взором — Падре Эмилио Боканегра, председатель совета Шести судей, самого страшного трибунала инквизиции. По рассказам капитана Алатристе и его друзей я знал, что он, помимо того, — заклятый враг моего хозяина. Постепенно монах взял допрос на себя — двое других и молчаливый судья ограничивались ролью слушателей, а писарь заносил на бумагу вопросы доминиканца и мои краткие ответы.

Однако в тот день, о котором я рассказываю, все было иначе — вопросы задавались не мне, а несчастной Эльвире де ла Крус. И я сразу понял, что события принимают для меня еще более дурной оборот, когда падре Эмилио указал на меня пальцем и спросил:

— Знаешь ли ты этого мальчика?

Предчувствие не обмануло: послушница, даже не взглянув на меня, кивнула неровно остриженной головой. С тревогой видел я, как писец, выжидательно держа перо на весу, поглядывает то на Эльвиру, то на инквизитора.

— Подай голос! — приказал тот.

Бедная девушка еле слышно выговорила «да». Писец, обмакнув перо в чернила, занес ее ответ в протокол, я же снова почувствовал, что земля уходит у меня из-под ног.

— Видела ли ты, как он исполнял обряды иудейской веры?

От второго «да» я издал вопль негодования и протеста, оборвавшийся от крепкой затрещины: ею приголубил меня рыжий стражник, которому в последнее время вверено было попечение о моей особе — вероятно, инквизиторы опасались, что его рослый и дюжий напарник ненароком пришибет малолетку. Падре Эмилио, не обращая внимания на меня, вновь обратился к Эльвире:

— Повторяешь ли ты перед священным трибуналом свое признание — подтверждаешь ли, что означенный Иньиго Бальбоа исповедует иудаизм и вместе с твоим отцом, братьями и иными заговорщиками вынашивал преступное намерение похитить тебя из обители?

Услышать третье «да» было выше моих сил. Рванувшись из рук рыжего, я крикнул, что все это — бессовестная ложь, а к иудеям и их вере я не имею никакого отношения. И тут, к моему вящему удивлению, падре Эмилио вместо того, чтобы вновь пропустить мои слова мимо ушей, обернулся ко мне с улыбкой. И была та улыбка исполнена такой ликующей ненависти, такой смертельной угрозы, что я оцепенел, онемел и едва не лишился чувств — всех, за вычетом ужаса. Затем, зримо наслаждаясь всем происходящим, доминиканец взял со стола медальончик на цепочке, подаренный мне Анхеликой де Алькесар в памятную встречу у источника, и показал талисман сначала мне, затем членам трибунала и наконец — несчастной послушнице.

— Видела ли ты раньше сию магическую печать, скрепляющую чудовищные обряды каббалы, у означенного Иньиго Бальбоа, который не успел пустить ее в ход, когда был задержан у монастыря, — печать,

Люди, читающие одну книгу

доказующую непреложно его причастность к этому иудейскому заговору?

Эльвира де ла Крус за все время ни разу не подняла на меня потупленных глаз. Не взглянула она и на медальон, который падре Эмилио держал перед нею, и ограничилась лишь очередным еле слышным «да». Ее отделали так основательно, что выбили даже способность испытывать стыд. Ничего, кроме глубочайшего изнеможения, не заметил я в ней — казалось, она хочет только скорее покончить со всем этим, забиться в какой-нибудь угол, забыться сном, которого лишали ее словно бы многие годы.

Что касается меня, то от ужаса я не мог даже протестовать. Ибо пытки меня теперь не беспокоили. Мне теперь позарез нужно было уяснить, позволяет ли закон жечь на костре лиц, не достигших четырнадцати лет.

— Да, это так. Подписано Алькесаром.

Альваро де ла Марка, граф де Гуадальмедина, был в зеленом, расшитым серебром кафтане тонкого сукна, в замшевых сапогах, в пелерине, щедро украшенной брюссельскими кружевами. Белокожий, с тонкими выхоленными руками красавец не терял своей молодцеватой стати — уверяли, что красотой телосложения он превосходит всех придворных кавалеров, — даже когда сидел, скорчась, на табурете в крошечной каморке Хуана Вигоня. За деревянными жалюзи была видна переполненная народом игорная зала. Граф поставил на кон несколько дукатов, проиграл — ему вообще не слишком везло в карты:

он плохо соображал — и, не привлекая к себе внимания, под каким-то предлогом удалился в заднюю комнатку. Там его уже ждали капитан Алатристе и дон Франсиско де Кеведо, незадолго до этого вошедший с Пласа-Майор через потайную дверь.

— И рассуждаете вы совершенно правильно, — продолжал граф. — Все дело затеяно ради того, чтобы нанести удар по Оливаресу, опорочив монастырь, которому он покровительствует. И попутно — свести счеты с Алатристе... Итак, они выдумали иудейский заговор и рассчитывают запалить большой костер.

— И мальчика — туда же? — спросил дон Франсиско.

Его черное одеяние, чью однотонную строгость оживлял только вышитый на груди алый крест Сантьяго, казалось особенно чопорным рядом с изысканностью графского костюма. Кеведо сидел рядом с капитаном, не отстегнув шпаги, повесив плащ на спинку стула, а шляпу положив на колени. Выслушав его вопрос, Альваро де ла Марка налил себе муската из кувшина, стоявшего на столе. Рядом лежали длинная глиняная трубка и кисет с крупно нарезанным табаком. Мускат был не какой попало, а из Малаги, и потому Кеведо, который по обыкновению находился в раздраженно-брюзгливом настроении, едва переступив порог и в отборных выражениях высказавшись о погоде, улице и жажде, взялся за кувшин весьма рьяно, и тот был уже наполовину пуст.

— Туда же, — подтвердил граф. — Да у них больше и нет никого — ваш Иньиго да эта валенсианская послушница. Ибо старшего ее брата, который сумел

Люди, читающие одну книгу

уйти из засады, сыскать пока не могут. — Он пожал плечами и значительно помолчал. — Насколько мне известно, готовится большое аутодафе.

— Сведения достоверные?

— Совершенно достоверные. И очень щедро оплаченные. Как сказал бы наш друг Алатристе, когда подводишь контрмину, пороха не жалей... За деньгами-то дело не станет, но по отношению к Священному трибуналу даже самые продажные вдруг делаются неподкупными.

Капитан промолчал. Расстегнув колет, он сидел на топчане и медленно водил точильным камнем по лезвию своего кинжала. Масляная плошка на столе горела слабо, и лицо его оставалось в темноте.

— Странно, что Алькесар так взбеленился, — заметил дон Франсиско, полой протирая стеклышки очков. — Неосмотрительно со стороны королевского секретаря так лезть на рожон. С Оливаресом шутки плохи.

Граф де Гуадальмедина сделал несколько глотков, прищелкнул языком, хотя лицо его было по-прежнему хмуро. Потом извлек из-за обшлага кружевной платочек, промокнул подстриженные усы.

— Ничего странного. За последние месяцы Алькесар вошел в большую силу. За ним стоит Совет Арагона, членам которого он оказал важные услуги, а недавно он подкупил и нескольких членов Совета Кастилии. Кроме того, благодаря падре Эмилио Боканегра он пользуется поддержкой самых оголтелых и неистовых инквизиторов. Делает вид, что во всем покорен воле Оливареса, однако ведет собственную игру. Крепнет день ото дня, а богатеет не по дням, а по часам.

— Откуда же у него деньги? — осведомился Кеведо.

Альваро де ла Марка вновь пожал плечами. Потом набил трубку и раскурил ее. Хуан Вигонь тоже иногда любил подымить, а вот капитан, несмотря на всем известные целебные свойства табака, горячо рекомендуемого аптекарем Фадрике, не пристрастился к этим духовитым листьям, которые галеонами доставляли из Индий. Дон Франсиско же предпочитал взять добрую понюшку.

— А черт его знает! — ответил граф, затягиваясь. — Может, он работает на кого-то еще. Но так или иначе, золото сыплет горстями и растлевает всех и каждого. Даже Оливарес, который несколько месяцев назад совсем было собрался отослать его обратно в Уэску, теперь явно опасается Алькесара. Поговаривают, будто он метит в протонотариусы[1]. Если он получит эту должность, станет недосягаем ни для кого.

Диего Алатристе, казалось, этот разговор не интересовал вовсе. Отложив точило, он попробовал лезвие на ногте большого пальца, потом дотянулся до ножен, вложил в них кинжал и лишь после этого поглядел на Гуадальмедину.

— Стало быть, помочь Иньиго нельзя?

Окутавшись дымом, граф придал своему лицу скорбно-участливое выражение.

— Боюсь, что нет. Знаешь не хуже меня, что попасть в руки инквизиции — значит угодить меж шестеренок исправно действующей и беспощадной

---

1 Старший письмоводитель Папы Римского.

Люди, читающие одну книгу

машины... — Он сморщил лоб, задумчиво пригладил
бородку. — Странно, что тебя-то еще не взяли.

— Я скрываюсь.

— Да я не о том. Скрывайся, не скрывайся, захотели бы — нашли, а они даже за домом не установи-
ли наблюдение... Это значит, что у них нет доказательств против тебя.

— Нужны им доказательства, — вмешался дон
Франсиско, пододвигая кувшин к себе. — Состряпа-
ют или купят.

Рука графа де Гуадальмедина, собиравшегося поднести трубку ко рту, замерла на полдороге.

— Виноват, сеньор Кеведо, вы не правы. Священный Трибунал — ведомство очень щепетильное.
Сколько бы ни кипятился падре Эмилио, но пока
нет доказательств или свидетельств того, что капитан участвовал в вашем предприятии, Высший Совет не разрешит никаких действий против него. Доказательств нет, и, значит, мальчик его не выдал.

— Это ненадолго, и не таких ломали. — Поэт сделал большой глоток, а следом — еще один. — Загово-
рит и Иньиго, тем более что он ведь почти ребенок.

— Однако же пока не заговорил. Молчит. Мне это
дали понять те люди, с которыми я сегодня целый
день вел беседы. Ей-богу, Алатристе, на те деньги, что
я роздал сегодня, мост до луны можно построить... Да
как видишь, не все можно купить.

И с этими словами Альваро Луис Гонсага де ла
Марка-и-Альварес де Сидония, граф де Гуадальмедина, испанский гранд, приближенный нашего государя, предмет восхищения придворных дам и зави-

сти многих знатнейших кавалеров, устремил на Диего Алатристе взгляд, полный дружеского участия, которому, казалось бы, неоткуда было взяться, ибо что общего между этим блестящим аристократом и безвестным солдатом, после Фландрии и Неаполя промышлявшим убийствами по заказу?

— Вы принесли то, что я просил? — спросил капитан.

Улыбка графа стала еще шире.

— Вот. — Гуадальмедина отложил трубку и, достав из кармана маленький сверток, протянул его Алатристе. — Держи.

Другой на месте Кеведо удивился бы подобной короткости, но только не дон Франсиско. Было известно, к примеру, что граф прибегал к помощи Алатристе в таких делах, которые требовали твердой руки и полной бессовестности — вот, например, когда надо было отправить к праотцам юного маркиза де Сото, да мало ли еще когда. Однако из этого вовсе не следовало, что наниматель несет перед нанимаемым какие-то обязательства, да и с какой стати испанскому гранду соваться в дела с инквизицией ради человека, который в полном смысле слова никто и звать его никак: тряхни мошной — и он твой. Но знал сеньор де Кеведо, что связывало капитана с грандом нечто большее, чем темные делишки, провернутые совместно. Почти десять лет назад, когда граф де Гуадальмедина был еще совсем юн и сопровождал вице-королей Сицилии и Неаполя, в злосчастном деле близ островов Керкенна он оказался на волосок от смерти, ибо мавры врасплох застали

Люди, читающие одну книгу

войска испанского нашего короля. Герцог де Носе-ра, в свите которого состоял граф, получил тогда пять ужасающих ран, со всех сторон лезли нечести-вые мусульмане с копьями и ятаганами, уши закла-дывало от грохота аркебуз. Вскоре испанцам при-шлось совсем туго и дрались они теперь уже не во славу Испании, а во спасение своей шкуры, убивая, чтобы не быть убитым, и отступая по пояс в воде. Как рассказывал граф, ужинать явно предстояло ли-бо в царствии небесном, либо в Константинополе. Свалив наседавшего на него мавра, он выронил шпагу и, покуда отыскивал кинжал, получил два уда-ра ятаганом. Он уже считал себя покойником или пленным — первое было вероятней, — но тут не-сколько наших солдат, которые держались кучкой, подбадривая друг друга криками «Испания! Испа-ния!» и прикрывая друг другу спину, услышали, как истекающий кровью Альваро де ла Марка взывает о помощи, и, чавкая сапогами по грязи, помощь эту ему оказали — очень вовремя перебили уже окру-живших его арабов. Один из этих солдат — светло-глазый и пышноусый — ударом пики в лицо отбро-сив врага, подхватил графа и потащил его волоком по красному от крови мелководью к нашим лодкам и галерам. Тем дело не кончилось — пришлось еще отбиваться и отстреливаться от мавров, и много еще графской крови обагрило песок, прежде чем свет-логлазый солдат, взвалив Гуадальмедину на спину, не донес его до последней шлюпки, доставившей их на галеру. А позади слышались отчаянные крики тех, кому не посчастливилось спастись и суждено было окончить свои дни на этом гибельном побережье или попасть в рабство.

И вот теперь, в каморке Хуана Вигоня, граф де Гуадальмедина вновь смотрел в эти светлые глаза. И вновь, как уже бывало — и не раз, — выяснилось, что за годы, прошедшие с того кровавого дня, он не позабыл, кому обязан жизнью. Признательность его возросла еще более, когда он узнал, что его спаситель, которого другие солдаты почтительно называли капитаном, сражался во Фландрии под началом старого графа — дона Фернандо де ла Марка. Но сам Алатристе вспоминал об этом лишь в самых крайних случаях — как, например, в недавнем происшествии с двумя англичанами или вот теперь, со мной.

— Вернемся к нашему Иньиго, — продолжал Альваро де ла Марка. — Если он так и не даст на тебя показаний, дело застопорится. Однако он — под стражей, и, судя по всему, против него выдвинуты серьезные обвинения. Иными словами, мальчуган будет осужден инквизицией.

— И что они сделают с ним?

— Все что угодно. Девицу де ла Крус сожгут — это-то ясно как божий день. Ну а Иньиго... Может, отделается сколькими-то годами тюрьмы, может, получит двести плетей... Ну или напялят на него санбенито и объявят «примирившимся»... Но совершенно не исключено, что отправят на костер.

— А что Оливарес? — спросил дон Франсиско.

Гуадальмедина неопределенно развел руками. Потом вновь раскурил трубку и, окутавшись дымом, сощурился:

Люди, читающие одну книгу

— Он получил письмо и разберется в этом деле... Но сильно уповать на него не советую. Если найдет нужным что-нибудь сказать, он нас уведомит.

— Небогато, черт возьми! — вырвалось у дона Франсиско.

Альваро де ла Марка взглянул на него, чуть вздернув бровь:

— У первого министра есть дела и помимо этого, — проговорил он сухо.

Граф был поклонником дарования Кеведо, уважал его как друга Диего Алатристе, а кроме того, имелись у них и другие общие знакомцы, поскольку оба в одно время оказались в Неаполе, в свите герцога де Осуны. Но Альваро де ла Марка был еще и поэт — хоть Муза слетала к нему нечасто — и его бесило, что дон Франсиско пренебрежительно относится к его стихам. Тем паче что он-то посвятил Кеведо октаву — едва ли не лучшую из всего, что выходило из-под его пера, и начиналась она так:

Святому Роху следуя в смиренье...

Капитан не обращал внимания на поэтов — он разворачивал полученный от графа сверток. Альваро попыхивал трубкой, наблюдая за ним.

— Будь осторожен, Алатристе, — сказал он наконец.

Тот не ответил. На одеяле, покрывавшем топчан, лежали четвертушка бумаги и два ключа.

Прадо вскипала, как водоворот. Дело было к вечеру, заходящее солнце золотило напоследок мадридские крыши, и, прокатив от Гвадалахарских ворот по Калье-Майор, останавливались на аллеях и вблизи ручьев кареты. От угла улицы Алькала и до въезда на улицу Сан-Херонимо сплошным потоком двигались экипажи и открытые коляски; всадники держались у подножки, занимая дам приятной беседой; мелькали белые токи дуэний, плоеные чепчики горничных; сновали в густой толчее пажи и водоносы, зеленщицы, торговцы медовухой, сластями и разнообразными лакомствами.

Как испанский гранд, граф де Гуадальмедина пользовался наследственным правом находиться в присутствии короля в шляпе и ездить четверней — шестерку мулов запрягали исключительно в экипаж его величества, — но для нынешнего случая, требовавшего тайны, выбрал, дабы не привлекать к себе внимания, скромный экипаж без герба на дверце, двух неказистых, но крепких мулов, и велел кучеру снять ливрею. Впрочем, и эта карета была достаточно поместительна, чтобы он сам, дон Франсиско де Кеведо и капитан Алатристе могли рассесться в ней с большими удобствами и разъезжать по Прадо туда и обратно в ожидании условленного знака. И так вот, неузнанными, раскатывали они среди множества других карет в этот сумеречный час, когда «весь Мадрид» собирался в окрестностях монастыря Св. Иеронима, вокруг которого нагуливали себе аппетит перед ужином важные каноники, искали поживы нестеснительные, но сильно стесненные в средствах студенты-голодранцы, бродили торговцы и ремесленники, прицепившие шпагу и потому называвшие

Люди, читающие одну книгу

себя идальго; щедро и разнообразно представлено было неугомонное племя волокит — и множество дам под масками или с открытым лицом то отдергивали, то задергивали белыми ручками занавески окошек в каретах и, будто бы случайно приподняв подол баскиньи[1], показывали свесившуюся из кареты ножку чуть не до самой щиколотки. По мере того как угасал свет дня, заполняли Прадо тени; место порядочных дам занимали девицы легкого поведения, пользовавшиеся если не успехом, так спросом, выныривали всякого рода темные личности, искатели приключений, и тогда приходил черед поединкам, заранее условленным свиданиям и стремитсльным романам в глубине аллей. Но этот час еще не настал — покуда соблюдались приличия: из кареты в карету перелетали записочки, шел оживленный диалог взглядов и вееров, намеков и обещаний. И немало было дам и кавалеров из самого высшего общества, которые днем прикидывались незнакомыми, а с наступлением сумерек оказывались в сладостном tête-à-tête в карете, теснота коей столь способствует сближению, или удалялись в боковую аллею на лоне природы. И нередко выясняли здесь отношения приревновавшие друг друга соперники, любовники отвергнутые и счастливые, сии последние и мужья, обнаружившие, как гласит пословица, в своем жаркóм чужую приправу. О рогоносцах удачно написал покойный граф де Вильямедиана, незадолго до того, как был застрелен средь бела дня на Калье-Майор:

1   Верхняя юбка (обычно черного цвета).

Не во сне, а наяву
Вижу, как по Прадо
Тех, кому б мычать в хлеву,
Выступает стадо.

Альваро де ла Марка, человек нестарый, холостой
и богатый, был завсегдатаем и Прадо, и Калье-Майор,
а стало быть, относился к тем, по чьей вине так изо-
биловал Мадрид рогоносцами, однако в описывае-
мый мною вечер пребывал здесь в ином качестве. И
надел он скромный колет серого сукна — в масть своим мулам и кучеру — и так старался не привлекать к
себе внимания, что даже отшатывался в глубь кареты
всякий раз, как мимо проезжала открытая коляска,
доверху груженая рюшами, кружевными оборками,
фестончатыми лифами, золотыми басонами и косы-
ми бейками, содержавшими внутри себя дам, которых граф не желал приветствовать, хотя знаком с ними был, по всей видимости, довольно коротко. Из
другого окошка, также полузадернутого шторкой, вел
наблюдение дон Франсиско де Кеведо. Посередке,
вытянув ноги в высоких кожаных сапогах, покачи-
вался в такт мягкому ходу кареты, помалкивал по своему обыкновению капитан Алатристе. Все трое держали шпаги между колен и оставались в шляпах.

— Вот он, — произнес граф де Гуадальмедина.

Кеведо и Алатристе, слегка подавшись вперед,
поглядели в его окошко. Черная карета, похожая на
ту, в которой сидели они, без герба на дверце и с за-
дернутыми занавесками миновала Торресильяс и
покатила по аллее. Возница был в буроватом непри-

Люди, читающие одну книгу

метном кафтане и в шляпе, украшенной двумя перьями — белым и зеленым.

Граф де Гуадальмедина, приоткрыв окошечко в передней части экипажа, отдал распоряжение своему кучеру, тот встряхнул поводьями, направив мулов вслед за черной каретой. Вскоре она остановилась в безлюдном уголке под ветвями старого каштана, рядом с которым из пасти каменного дельфина бил фонтан. Графская карета подъехала почти вплотную, Гуадальмедина открыл дверцу и вышел, Кеведо и капитан последовали за ним, оказавшись в узком пространстве между бортами двух экипажей. Все обнажили головы. Шторка отдернулась, и в окне мелькнул вышитый на груди алый крест ордена Калатравы, появилось полнокровное, твердо очерченное лицо с густейшими усами, торчащими, как пики. Крупная голова, темные умные глаза, могучие — еще бы: на них лежало бремя власти над обширнейшей на земле империей — плечи. Это был дон Гаспар де Гусман, граф Оливарес, фаворит и первый министр нашего государя Филиппа Четвертого, повелителя и владыки Испаний.

— Вот не ожидал так скоро увидеться с вами, капитан. Я-то думал, вы уже маршируете во Фландрию.

— Собирался, ваша светлость. Вмешались непредвиденные обстоятельства.

— Понимаю... Вы, помнится, говорили, что обладаете редкостным умением осложнять себе жизнь.

Если принять во внимание, что одним из беседующих был всесильный правитель Испании и любимец короля, а другим — безвестный наемник, этот диалог нельзя было счесть банальным. Гуадальмедина и Кеведо внимали ему безмолвно. Оливарес церемонно раскланялся с обоими, но прежде всего обратился — причем с учтивостью, противоречившей его суровому, надменному и властному виду, — к Алатристе. Вежливость, столь непривычная для первого министра, была отмечена всеми.

— Удивительным умением, — повторил Оливарес. Капитан, воздержавшись от комментария, неподвижно стоял со шляпой в руке у подножки кареты, умудряясь одновременно сохранять собственное достоинство и всем видом своим выражать почтительность. Министр, еще раз окинув его взглядом, повернулся к графу де Гуадальмедина:

— По поводу интересующего нас случая могу сообщить следующее: нет ни малейшей возможности сделать что-либо. Я благодарю вас за предоставленные сведения, но взамен предложить вам не могу ничего. В прерогативы Священного Трибунала не станет вмешиваться даже сам государь. — Он подчеркнул эти слова взмахом широченной ручищи, покрытой узловатыми венами. — Тем более что и я не решился бы по такому случаю обеспокоить его величество.

Альваро де ла Марка покосился на капитана, лицо которого оставалось совершенно бесстрастным, и вновь перевел взгляд на Оливареса:

— Неужели нет выхода?

— Нет. Ни выхода, ни щелки, ни лазейки. Мне жаль, что я не могу помочь вам. — В голосе министра появилась нотка снисходительного сочувствия. —

Люди, читающие одну книгу

Жаль еще и потому, что пуля, выпущенная в сеньора Алатристе, рикошетом должна задеть и меня. Однако делать нечего.

Граф де Гуадальмедина слегка поклонился: несмотря на дарованное испанским грандам право не снимать шляпу в присутствии самого короля, перед Оливаресом он стоял с непокрытой головой. Как человек светский и придворный, он отлично знал, что принцип «Рука руку моет, и обе — лицо» справедлив лишь до известной степени, ибо свой предел всему положен. Торжествуя в душе уже потому, что могущественнейший человек империи уделил ему хотя бы минуту, он все же решился спросить:

— Так что же, ваша светлость, мальчика сожгут?

Оливарес расправил брюссельские кружева на обшлагах своего темно-зеленого колета, не украшенного вышивкой или драгоценными камнями, не расшитого золотом — в полном соответствии с эдиктом против роскоши, который сам же недавно подсунул на подпись королю, — и ответил невозмутимо:

— По всей видимости. И его, и эту девицу из Валенсии. И благодарите Бога, что заодно с ними инквизиторам больше некого отправить на костер.

— Сколько же времени нам отпущено?

— Да нисколько. По моим сведениям, трибунал подчищает последние огрехи, так что самое большее через две недели на Пласа-Майор состоится аутодафе. Можно считать, что Священный Трибунал сумел отыграть у меня очко. — Министр повернул свою крупную голову, сидевшую на толстой апоплексической шее, туго стянутой круглым накрахмаленным воротником-голильей. — Не простили мне инквизиторы генуэзских банкиров.

Меж остроконечной эспаньолкой и свирепыми усами мелькнула невеселая улыбка; поднялась и опустилась огромная рука — все это означало, что вопрос исчерпан, аудиенция окончена. И Гуадальмедина слегка склонил голову — ровно настолько, чтобы не выглядеть неучтивым, но и не нанести ущерба своей чести.

— Ваша светлость, мы бесконечно признательны вам за то, что вы так щедро уделили нам толику своего драгоценного времени... Мы перед вами в долгу.

— Я пришлю счет, дон Альваро. Моя светлость ничего не делает даром. — Оливарес повернулся к дону Франсиско, который все это время выступал в роли Каменного Гостя. — Что же касается вас, сеньор де Кеведо, надеюсь, это хоть отчасти улучшит наши с вами отношения. Мне бы совершенно не повредили два-три сонета, одобряющие мою политику во Фландрии, сонета, разумеется, анонимных, хотя никому и в голову не придет усомниться в том, кто их истинный автор... Да и стихотворение о том, что следует наполовину сократить номинальную стоимость вельона[1], было бы сейчас весьма кстати...

Дон Франсиско с беспокойством покосился на своих спутников. Только-только начав выкарабкиваться из долгой и мучительной опалы, он желал теперь вернуть себе утраченное положение при дворе и малость отдышаться от бесчисленных пинков и оплеух Фортуны. История с монастырем бенедиктинок

---

1 Вельон — старинная медная монета.

Люди, читающие одну книгу

произошла в самое неподходящее для поэта время, и тем больше ему чести, что, движимый чувством порядочности и давней дружбы, осмелился он рискнуть едва забрезжившей удачей. Кеведо ненавидели и боялись за необыкновенный поэтический дар и бритвенно-острый язык, и в последнее время дон Франсиско старался не дразнить гусей, то есть не злить сильных мира сего, а потому умудрялся как-то сочетать хвалы с привычной язвительной брюзгливостью, а надежды на лучшее — с обычной безнадежностью, столь свойственной его взгляду на мир. Попросту говоря, кому охота вновь оказаться в ссылке или в изгнании, и кто откажется от возможности хоть немного поправить расстроенные дела? И вот, дабы не потерять все окончательно, великий сатирик вынужден был приумолкнуть и угомониться. Вдобавок он, подобно многим другим, искренне верил, что Оливарес — именно тот лекарь, который суровыми, но действенными средствами возродит к жизни дряхлого и хворого испанского льва. Однако следует особо отметить — и опять же к чести Кеведо, — что именно в это относительно благополучное время сочинил он комедию «Как стать фаворитом», в которой будущему графу-герцогу досталось весьма крепко. И как ни старался Оливарес вкупе с другими сановниками привлечь поэта на свою сторону, шила в мешке не утаишь, а колется оно больно, и потому спустя несколько лет кончилась эта странная дружба: ходил слух, что якобы — из-за «мемориала под салфеткой», я же склоняюсь к тому мнению, что имелся иной, более основательный повод для смертельной вражды министра и поэта, для монаршего гнева и для заключения больного и старого дона Франсиско в монастырскую тюрьму Сан-Маркос-де-Леон[1]. Это произойдет позже, когда королевство наше окончательно превратится в чудище, ненасытно пожирающее подати, а взамен не дающее ничего, кроме политических провалов и военных катастроф; когда Каталония и Португалия взялись за оружие, а французы по своему обыкновению захотели урвать кусок пожирней; когда Испания погрузилась в пучину междоусобицы, позора и гибели. Но об этих смутных временах речь у нас будет впереди. Сейчас важно сообщить вам, что в тот вечер Кеведо ответил Оливаресу с суховатой, но безупречной учтивостью:

— Посоветуюсь с музами, ваша светлость. Будет сделано все возможное.

Министр, явно довольный — раньше времени он радовался, — кивнул.

— Не сомневаюсь, — сказал он, самим тоном своим показывая, что иной возможности и не допускал. — Что же касается вашего прошения об уплате причитающихся вам четырех тысяч восьмисот реалов, то вы ведь знаете, каким черепашьим шагом движутся подобные дела... Но унывать не следует.

---

1 До недавнего времени считали, что писателя арестовали, не без оснований объявив его автором стихотворного мемориала, подброшенного в королевскую трапезную и содержавшего резкие обличения Оливареса и самого короля. Однако в 1972 году было разыскано и опубликовано письмо графа-герцога Оливареса Филиппу IV, в котором Кеведо обвинялся в государственной измене — в частности, в том, что вступил в тайные сношения с Францией.

Люди, читающие одну книгу

Наведайтесь ко мне на днях. Мы все обсудим не торопясь. И не забудьте стихи, о которых я просил...

Кеведо поклонился, снова не без некоторого смущения покосившись на своих спутников. По крайней мере, от Гуадальмедины он ждал ехидной гримасы или насмешливого замечания, однако граф слишком хорошо знал, как легко у вспыльчивого и задиристого дона Франсиско вылетает шпага из ножен, и благоразумно сделал вид, будто ничего не слышит. Оливарес повернулся к Диего Алатристе.

— Я сожалею, сеньор капитан, что ничем не могу помочь вам, — произнес он по-прежнему любезно, но на этот раз обозначив тоном всю безмерность расстояния, отделявшего одного собеседника от другого. — Признаюсь, что по некоей причине, впрочем, и вам, и мне известной, я питаю к вам какую-то загадочную слабость... Вот потому, ну и, разумеется, по просьбе нашего дорогого дона Альваро, я согласился на эту встречу. Знайте только, что чем больше власти у тебя в руках, тем осмотрительней до́лжно применять ее.

Алатристе, держа в одной руке шляпу, другую опустил на эфес.

— При всем моем уважении к вам, ваша светлость, я все же полагаю, что довольно было бы одного вашего слова, чтобы спасти мальчика.

— Правильно полагаете. По крайней мере, подписанного мною приказа было бы достаточно. Но это не так легко, как кажется, ибо потребовало бы от меня кое в чем уступить, кое от чего отказаться. А для людей моего ремесла это опасно. По сравнению со всем тем, что Господь Бог и его величество король рассудили за благо вверить в мои руки, жизнь вашего юного друга весит слишком мало. Так что мне остается только пожелать вам удачи.

Он произнес это и показал взглядом, что решение его — окончательно, и более вопрос обсуждению не подлежит. Однако Алатристе выдержал этот взгляд.

— Ваша светлость. У меня нет ничего, кроме послужного списка, годного разве что на раскурку, и шпаги, которой я добываю себе пропитание. — Капитан говорил очень медленно и, казалось, обращается не к властелину полумира, а просто рассуждает вслух. — Человек я, в сущности, необразованный, говорить не мастер. Но дело идет о том, что инквизиция намерена послать на костер ни в чем не повинного мальчика, а его отец был мне другом, воевал и сложил голову за короля и за вас, ваша светлость. Весьма вероятно, что и я, и покойный Лопе Бальбоа, и его сын не много потянем на весах, упомянутых вами так кстати. Однако никому не дано знать, как повернется жизнь, какой она фортель выкинет, и не случится ли в один прекрасный день так, что три фута хорошей стали перевесят все бумаги, все печати, всех королевских секретарей, сколько ни есть их на свете... Помогите сыну одного из тех солдат, кто пал за вас в бою, и я ручаюсь своим честным словом: если этот день настанет — рассчитывайте на меня.

Ни дон Франсиско, ни граф де Гуадальмедина и никто в целом мире никогда не слышал, чтобы Диего Алатристе произнес подряд столько слов. А министр слушал его с непроницаемым видом, не шевелясь, и только искорки, посверкивавшие все ярче в его темных глазах, показывали, что слушает он

Люди, читающие одну книгу

очень внимательно. Капитан говорил почтительно, печально и с твердостью, которая выглядела бы неуместно суровой, если бы не умерялась спокойным выражением глаз и не была бы лишена хоть капли бравады или вызова. Он словно бы излагал министру непреложно ясную суть дела.

— Вы сможете рассчитывать на меня, — повторил он настойчиво.

Наступило более чем продолжительное молчание. Оливарес, уже собиравшийся захлопнуть дверцу кареты и тем самым показать, что свидание окончено, медлил. Могущественнейший человек Европы, способный одним росчерком пера послать через океан груженые золотом и серебром галеоны и двинуть армии с одного конца земли на другой, пристально глядел на безвестного ветерана фламандских кампаний. В дремучих зарослях усов обозначилось подобие улыбки.

— Черт возьми, — сказал министр.

И вновь стал вглядываться в Алатристе. Казалось, длилось это целую вечность. Потом, очень медленно вырвав листок из переплетенной в сафьян записной книжки, свинцовым карандашом написал на нем четыре слова: «Алькесар. Уэска. Зеленая книга». Несколько раз перечел написанное, словно никак не мог отрешиться от сомнений в правильности своего поступка, и наконец протянул листок Диего Алатристе.

— Даже не подозреваете, капитан, до какой степени вы правы, — негромко и задумчиво проговорил он, окинув взглядом шпагу, на эфесе которой твердо лежала левая рука Алатристе. — В самом деле, никому ничего не дано знать наперед.

VIII

Ночной гость

На колокольне церкви Святого Иеронима пробило два в тот самый миг, когда Диего Алатристе медленно повернул ключ. И тревога сменилась облегчением — замок, заблаговременно смазанный маслом, с тихим щелчком открылся. Капитан толкнул дверь, и та бесшумно распахнулась во тьму. «Auro clausa patent», сказал бы преподобный Перес: «от запора золото избавит», скаламбурил бы дон Франсиско, давно постигший силу его и уверявший, что «дивной мощью наделен дон Дублон». И никому не было дела до того, что золото принадлежало графу де Гуадальмедина, а не ему, капитану Алатристе, никого не интересовало его название, происхождение и запах. Золото помогло сделать слепки ключей и получить план этого дома, благодаря золоту сегодня будет кое-кому преподнесен неприятный сюрприз.

С Кеведо они простились часа два назад: он проводил поэта до улицы Постас и посмотрел ему вслед,

Ночной гость

когда тот в дорожном платье, при шпаге, с пистолетами в седельных кобурах, с вьюком у задней луки,
сунув за ленту шляпы клочок бумаги с четырьмя словами, нацарапанными давеча Оливаресом, с места
бросил в галоп своего доброго коня. Граф де Гуадальмедина, одобривший предприятие Кеведо, к затее
капитана отнесся совсем иначе, считая, что лучше
было бы выждать. Но Алатристе ждать не мог и томиться в бездействии — тем более. Не мог и не стал.

Он обнажил кинжал и, держа его в левой руке, пересек внутренний дворик, стараясь в темноте не на-
ткнуться на что-нибудь и не перебудить слуг. Хотя по
крайней мере один из них — тот, кто накануне вру-
чил ключи и план дома доверенному лицу Альваро де
ла Марка, — будет нем, глух и слеп, но прочая челядь
насчитывает не менее полудюжины и может принять
близко к сердцу внезапное пробуждение посреди ночи. Во избежание всяких неожиданностей капитан
принял обычные для людей его ремесла предосто-
рожности — оделся в темное, плащ и шляпу оставил
дома, за пояс заткнул вычищенный, смазанный и за-
ряженный пистолет и, помимо кинжала со шпагой,
прихватил старый нагрудник из буйволовой кожи,
верой и правдой много раз служивший ему в том Мадриде, который сам Алатристе часто считал городом
вредным для здоровья. Что же касается сапог, то сапоги были оставлены в каморке Хуана Вигоня, а вместо
них капитан по такому случаю извлек из старых запа-
сов наследие еще более лихих времен — легкие баш-
маки на веревочной подошве, помогавшие с бесшум-
ной стремительностью тени красться меж фашин и

траншей и резать еретиков, засевших на голландских бастионах. Да уж, вдосталь поплясал он на этих балах, где пощады не проси и не давай.

Безмолвный дом был погружен во тьму. Капитан наткнулся на закраину колодца, ощупью обогнул его и наконец нашел заветную дверь. Второй ключ справился со своей задачей превосходно, и Алатристе оказался перед довольно широкой лестницей. Затаив дыхание, возблагодарив небеса за то, что ступени оказались каменными, а не деревянными, и не скрипели, двинулся вверх. Поднявшись, остановился под защитой громоздкого шкафа, чтобы сообразить, куда идти. Сделал еще несколько шагов, помедлив перед входом в коридор, отсчитал вторую дверь по правой стороне и вошел с кинжалом в руке, придерживая шпагу, чтоб не задела, не дай бог, о стул или стол. У окна, в полутьме, еле-еле озаряемой тусклым масляным ночником, он увидел Луиса де Алькесара — тот спал сном праведника и похрапывал. И Диего Алатристе не удержался и усмехнулся про себя — его могущественный враг, личный секретарь короля боялся спать без света.

Алькесар, еще не вполне проснувшись, решил, что ему снится кошмар, но когда хотел перевернуться на другой бок, болезненное прикосновение кинжала воспрепятствовало его намерению и объяснило ему, что это не сон, а не менее кошмарная явь. В ужасе он вскинулся на кровати, вытаращив глаза и разинув рот, чтобы крикнуть, однако железная рука Алатристе бесцеремонно этот рот зажала.

— Одно слово, — сказал капитан, — и вы покойник.

Алькесар в ужасе вращал глазами, топорщил усы. Совсем близко от себя в слабом свете ночника видел он орлиный профиль Алатристе и длинный остро отточенный клинок.

— У слуг есть оружие?

Секретарь мотнул головой. Дыхание его увлажняло ладонь капитана.

— Вы знаете, кто я?

Испуганно замигали глаза, и через мгновение последовал утвердительный кивок. Алатристе отнял ладонь, но Алькесар не издал ни звука. С широко открытым ртом, застывшим в судороге ужаса, он глядел на тень, нависающую над ним, как на призрака. Капитан вплотную подвел острие к его горлу и чуть нажал.

— Что вы намереваетесь сделать с мальчиком?

Скошенные на кинжал глаза Алькесара готовы были вылезти из орбит. Ночной колпак свалился с головы, открывая взгляду жиденькие всклокоченные пряди седоватых волос, еще больше подчеркивавших заурядность его круглого лица с крупным носом и редкой, узкой, коротко подстриженной бородкой.

— Не понимаю, о чем вы, — хрипло и слабо выговорил он.

Лицо его было искажено яростью, оказавшейся даже сильнее страха. Алатристе кольнул посильнее, и секретарь застонал.

— В таком случае — молитесь. Сейчас я убью вас.

В ответ снова раздался стон боли и ужаса. Алькесар замер, опасаясь даже моргнуть. От его ночной сорочки и простыни исходил едкий запах пота, пробивающего человека в минуты лютой ненависти и смертельного страха.

— Это не в моей власти, — произнес он наконец. — Инквизиция...

— Не надо морочить мне голову инквизицией. Падре Эмилио Боканегра и вы — этого достаточно.

Алькесар очень медленно поднял руку, продолжая коситься на приставленный к горлу клинок.

— Хорошо... — прошептал он. — Я попытаюсь... Быть может, удастся что-нибудь придумать...

Да, он был сильно напуган и согласен на все. Но не вызывало сомнений, что при свете дня, когда острие кинжала уберут от его кадыка, королевский секретарь может повести себя совсем иначе. Может и поведет. Однако Алатристе выбирать не приходилось.

— Учтите, — сказал он, наклонясь к Алькесару почти вплотную. — Если с мальчиком что-нибудь случится, я приду опять — так же, как пришел сегодня. Приду — и убью вас, как собаку, зарежу во сне.

— Повторяю — инквизиция...

Затрещало масло в ночнике, и на мгновение слабый свет его отразился в капитановых глазах отблеском адского пламени.

— Во сне, — повторил он, и ощутил под рукой, которой придавливал Алькесара к кровати, дрожь его тела. — Богом клянусь.

Взгляд королевского секретаря показывал, что можно было бы обойтись и без клятвы — в том, что капитан сдержит свое обещание, сомневаться не

Ночной гость

приходилось. Однако он заметил мелькнувшее в глазах Алькесара облегчение при мысли о том, что хоть нынешнюю ночь удастся пережить. А в мире этого негодяя ночь была ночью, а день — днем. И днем можно будет все начать заново, разыграв очередную шахматную партию. Капитан вдруг с полной отчетливостью осознал всю бесполезность своих усилий — секретарь его величества вновь ощутит себя всемогущим, едва лишь кинжал будет убран от его горла. Уверенность в том, что все напрасно: хоть наизнанку вывернись, не миновать мне костра, — вселила в душу Алатристе холодную и неистовую ярость отчаяния. Он заколебался, и Алькесар со свойственной ему проницательностью в тревоге почуял, что стоит за этим колебанием. А капитан, в свою очередь, мгновенно прочел его мысли, словно они перетекли к нему по клинку *бискайца*, прижатого к пульсирующей на шее жилке.

— Если вы сейчас убьете меня, — медленно произнес Алькесар, — вашему Иньиго уже ничего не поможет.

«Истинная правда, — сообразил капитан. — И если оставлю в живых — тоже». Он чуть отстранился, позволив себе на кратчайший миг погрузиться в размышления о том, не прирезать ли Алькесара прямо сейчас, избавив мир хоть от одной ядовитой гадины. Но вспомнил обо мне — и придержал клинок. Оглянулся по сторонам, будто ища выход из создавшегося положения, и тут задел локтем стоявший на прикроватном столике кувшин с водой. Кувшин грянул об пол с грохотом ружейного выстрела, а когда

Алатристе, так и не поборов до конца сомнений, стал вновь придвигать кинжал к горлу врага, в дверях появился свет. И, вскинув глаза, капитан увидел заспанную и изумленную Анхелику де Алькесар в ночной сорочке и с огарком свечи в руке.

С этого мгновения события развивались с чрезвычайной стремительностью. Девочка закричала, и не страх, а ненависть звенела в этом жутком, пронзительном, нескончаемо-долгом вопле, подобном тому, что издает соколиха, кружа над выпавшими из гнезда птенцами. От него мороз прошел по коже капитана. А когда Алатристе начал пятиться от кровати, по-прежнему держа в руке кинжал и решительно не представляя себе, что́, дьявол бы всех их подрал, с ним теперь делать, Анхелика уже пулей влетела в спальню и преградила ему дорогу, как маленькая разъяренная фурия — если, конечно, фурии закручивают на ночь волосы в папильотки, — а белая шелковая ее рубашка казалась в полумраке саваном, в которых, говорят, любят являться к нам привидения. Полагаю, она была чудо как хороша, хотя капитану в ту минуту меньше всего дела было до ее красоты, ибо девочка бросилась на него, схватила за руку, державшую кинжал, и впилась в нее зубами — вцепилась, как свирепая охотничья собачка золотисто-пепельной масти, и, когда ошеломленный капитан, пытаясь высвободиться, поднял руку, повисла на ней в воздухе, все крепче стискивая челюсти. В этот миг и дядюшка, избавленный от непосредственной близости *бискайца*, с неожиданным проворством соскочил с

Ночной гость

кровати — босиком, разумеется, и в ночной сорочке — бросился к шкафу за короткой шпагой, оглашая
воздух воплями: «Убивают! На помощь! Сюда, ко
мне!» и прочая. И уже очень скоро спящий дом ожил,
наполнился стуком, грохотом, громкими голосами.
Сущий начался пандемониум.

Алатристе удалось наконец высвободиться, с такой силой рванув руку, что Анхелика отлетела и по-
катилась по полу. Сделано это было как нельзя более
вовремя, поскольку Луис де Алькесар устремился на
него со шпагой, так что будь секретарь самую малость посноровистей, а капитан — медлительней,
тут бы его бурной жизни и пришел конец. Но он успел уклониться от еще нескольких выпадов, которыми Алькесар гонял его по всей комнате, и, обна-
жив оружие, заставил противника отступить. Алатристе двинулся было к дверям, и тут девочка с
боевым, леденящим кровь кличем вновь кинулась
на него, не обращая внимания на шпагу, — капитан
не решался пустить ее в ход и в самый последний
миг поднял острием вверх, а не то насадил бы на нее
Анхелику, как цыпленка на вертел. Он глазом не успел моргнуть, как она зубами и ногтями вцепилась
ему в руку, и опять капитан принялся мотать Анхелику по всей спальне, безуспешно силясь стряхнуть
и одновременно парируя удары Алькесара, который, нимало не беспокоясь о том, как бы не задеть
племянницу, атаковал его очень рьяно. Дело грози-
ло затянуться до бесконечности, но вот Алатристе
удалось отшвырнуть девочку подальше и отбить выпад секретаря так, что тот отлетел назад, со страш-

ным грохотом обрушив на пол умывальную лохань, ночной горшок и еще какую-то утварь. Капитан выбрался в коридор — как раз, чтобы нос к носу столкнуться с тремя-четырьмя вооруженными слугами, гуськом поднимавшимися по лестнице. Вот какое дело вышло — скверное дело. До того скверное, что капитану пришлось достать пистолет и выстрелить в упор, отчего наступающие, сшибая друг друга, кубарем покатились по лестнице, образовав у подножия живописную группу, именуемую в просторечии «куча мала», где невозможно было понять, где чьи ноги, руки, шпаги, деревянные щиты и удавки. Прежде чем челядь успела перестроиться для новой атаки, Алатристе метнулся назад в комнату, задвинул засов и кинулся было к окну, уклонясь по дороге от двух яростных ударов Алькесара. Но тут — Бог троицу любит — снова, как пьявка, впилась ему в руку проклятая девчонка со свирепостью, в которой трудно было бы заподозрить двенадцатилетнее дитя. Волоча ее за собой, капитан все же добрался до окна, распахнул его одним толчком, взмахом шпаги распорол на Алькесаре сорочку, отчего тот неуклюже отлетел к кровати, — и, занося ногу над карнизом, встряхнул рукой, тщась избавиться от Анхелики. Синие глаза ее горели, мелкие белоснежные зубы — дон Луис де Гонгора, без сомнения и не спрашивая мнения дона Франсиско де Кеведо, уподобил бы их россыпи жемчужин меж рдеющих роз — сверкали нечеловеческой ненавистью, но тут Алатристе, утомясь от всего этого, ухватил девчонку за локоны, оторвал от своей несчастной руки и послал этот визжащий от ярости мяч через всю комнату прямо к дяде, так что оба они повалились на кровать, отчего у той подломились задние ножки.

Тогда капитан вылез в окно, спустился в патио, выскочил на улицу и припустил бегом, не останавливаясь, пока не уверился в том, что оставил весь этот кошмар далеко позади.

Прячась во тьме, выбирая самые малолюдные и плохо освещенные улицы — от Кава-Баха до Кава-Альта, через Посада-де-ла-Вилья и мимо закрытых ставнями окон аптекаря Фадрике-Кривого, а затем — на Пуэрта-Серрада, где в этот поздний час не было ни души — возвращался он в игорное заведение Хуана Вигоня.

Он старался ни о чем не думать, но мысли его одолевали. Капитан с полной уверенностью сознавал, что совершил глупость, усугубившую и без того плачевное положение дел. Ледяная ярость стучала в висках в такт ударам сердца, и он с наслаждением отхлестал бы самого себя по щекам, чтобы дать выход безнадежности и гневу. Капитан, обретая мало-помалу спокойствие, подумал, что именно желание хоть что-то сделать, а не сидеть сиднем в ожидании, пока за тебя все решат, выгнало его нынче ночью из каморки Хуана, где он метался из угла в угол, как волк в клетке, и, как волка, отправило охотиться неведомо на кого. Томиться взаперти было невыносимо: сколько бы ни было ему отпущено, а все же в том трудном мире, где каждый день рискуешь головой, куда проще жить, зная, что ни от кого ничего ждать не следует, что полагаться можно исключительно на самого себя и собственные силы, и что у тебя одно право и одна обязанность — сохранить жизнь и по возможности не дать попортить себе шкуру. Диего Алатристе-и-Тенорио, послужив и в пехоте, и на королевских галерах в Неаполе, за долгие годы научился избегать всяких чувств, от которых нельзя было бы избавиться с помощью шпаги. И вот вам, пожалуйста, — еще вчера, казалось бы, капитан даже не подозревал о существовании этого мальчугана, а теперь он в один миг переменил все это и заставил его почувствовать, что как бы ни был ты крут и стоек, и у тебя найдется своя ахиллесова пята, свое уязвимое место.

Кстати об уязвимых местах. Алатристе ощупал левое предплечье, все еще побаливавшее от укусов Анхелики, и не сумел сдержать восхищенно-недоуменной ухмылки. Иногда трагедии чем-то смахивают на фарс, подумал он. Этот палевый котеночек, о котором капитан ничего толком не слышал, ибо я никогда раньше не упоминал имени Анхелики, и наши с ней отношения оставались для него тайной, обещает вырасти в настоящую тигрицу — свирепая порода чувствуется уже сейчас. Короче говоря, племянница удалась в дядюшку.

Еще раз вспомнив испуганные глаза Луиса де Алькесара, исходящий от него кислый запах страха и злобы, капитан пожал плечами. Стоицизм старого солдата вернулся к нему. В конце концов, ничего не дано знать наперед, и последствия наших действий предугадать невозможно. Что ж, благодаря этому ночному переполоху выяснилось, что и королев-

ский секретарь — такой же человек, как и все прочие. И к его шее можно, оказывается, приставить острие кинжала, а уж как там дальше будет, как карта
ляжет — поглядим.

Предаваясь этим отрывочным размышлениям,
Алатристе дошел до площади Графа де Барахаса,
расположенной совсем рядом с Пласа-Майор, и
только собрался свернуть за угол, как заметил свет и
кучку людей. Время было не для прогулок, и потому
он поспешил спрятаться за выступом стены. Кто бы
ни были эти люди — припозднившиеся игроки, вы-
валившиеся из заведения Хуана Вигоня, искатели
приключений, гуляки-полуночники или блюстители порядка, — неожиданные встречи нынче ночью в
расчеты капитана Алатристе не входили.

В свете поставленного на землю фонаря он увидел, что они наклеили на стену дома какую-то бумагу и двинулись вниз по улице. Их было пятеро — все
с оружием, один нес свернутые рулоном листы, другой — ведерко с клеем, и капитан пошел бы своей
дорогой, не задумавшись особенно, чем заняты были эти люди, если бы не заметил в руке у переднего
черный жезл, который инквизиция выдавала своим
близким. И потому, едва лишь пятерка скрылась из
виду, капитан приблизился к наклеенному листу,
собираясь ознакомиться с его содержанием, да не
смог — было слишком темно. Воспользовавшись
тем, что клей еще не успел застыть, Алатристе содрал
объявление, сложил его вчетверо и вступил под арку,
ведущую на Пласа-Майор. Оказавшись там, юркнул в
неприметную дверку игорного дом и, скрывшись в

своем убежище, достал трут и огниво, высек огонь, зажег свечу — все это, сдерживая нетерпение, подобно человеку, который не спешит распечатывать письмо, предвидя, что найдет в нем дурные вести. Вести и в самом деле оказались из рук вон.

Священный Трибунал доводит до сведения всех жителей города Мадрида, в коем имеет местопребывание двор его королевского величества, что в ближайшее воскресенье, июня сего четвертого дня на Пласа-Майор состоится публичное аутодафе...

Капитан Алатристе, хоть и зарабатывал себе на жизнь тяжкими и опасными трудами, очень редко поминал имя Господа нашего всуе, однако на этот раз мадридские стены огласились таким забористым солдатским богохульством, что пламя свечи заметалось из стороны в сторону. До четвертого, мать его, июня оставалось меньше недели, а он, чтоб его разорвало, не мог сделать решительно ничего — только ждать и материться. Это — раз. А два — совершенно не исключено, что после его ночного гостевания у Алькесара стены завтра же запестрят новым объявлением, где от имени коррехидора за капитанову голову объявлена будет награда. Алатристе смял листок и долго стоял в неподвижности, прислонясь к стене, уставясь в никуда. Что ж, все заряды были истрачены — и притом без толку. Оставалось уповать только на дона Франсиско де Кеведо.

Я прошу извинения у вас, господа, за то, что вновь возвращаюсь к собственной персоне, пребывавшей в одном из казематов тюрьмы в Толедо и почти утративший к этому времени способность отличать день от ночи, равно как и вообще понятие о времени. После еще нескольких допросов, сопровождаемых пинками и затрещинами рыжего стражника — слышал я, что той же масти был Иуда, и уповаю всей душой, что суждено моему палачу такой же конец — но так и не приведших ни к чему, достойному упоминания, оставили меня в покое. Показания Эльвиры де ла Крус и амулет Анхелики казались инквизиторам вполне достаточными основаниями для исполнения чудесного их замысла, хотя, впрочем, последний допрос, на котором, сказать по правде, пришлось мне особенно солоно, был долог: монотонно приговаривая «следствием установлено», «сознайся», «признайся» и прочее, инквизиторы допытывались о моих предполагаемых сообщниках, отмечая хлесткими ударами плети каждое умолчание — а ничего иного и не было. Скажу лишь, что оставался тверд и не назвал ни одного имени. Доведен же я был до столь бедственного состояния, что обмороки, которые первоначально были притворными — вы помните, верно, сколь слабое действие они произвели, — теперь проистекали по самым что ни на есть натуральным причинам, ибо забытье избавляло меня от битья. Теперь я склонен предполагать, что мои палачи унимали собственное рвение отчасти и потому, что опасались лишиться исполнителя блистательной роли, отведенной мне на празднестве, имеющем быть на Пласа-Майор, — но это теперь, а тогда едва ли я понимал это с должной отчетливостью, ибо пребывал в столь помраченном состоянии рассудка, что, оказываясь в сырой и темной камере, слыша, как постукивают по каменному полу коготки крысы, не вполне узнавал себя в том Иньиго, которого хлестали плетьми, а потом, приводя в чувство, трясли и расталкивали. Боялся я на самом деле одного — что буду гнить здесь, пока не стукнет мне четырнадцать, а уж тогда неминуемо сведу тесное знакомство с деревянным сооружением, снабженным хитроумными приспособлениями для вытягивания из человека жил и показаний: оно неизменно присутствовало в комнате для допросов, возвещая, что рано или поздно примет меня в свои объятия.

А между тем крысу я все же подстерег. Мне надоело каждую ночь бояться, что она меня укусит, и, посвятив много часов изучению ее повадок, привычек и свойств, я узнал их лучше, чем свои собственные, назубок выучил, чего опасается и на что отваживается эта матерая, поседелая в тюремных стенах грызунья, какими путями ходит, куда прячется, и даже темнота была не помеха моему пытливому уму. И вот однажды миг вожделенный настал: я притворился спящим, и когда крыса торной дорогой направилась в тот угол, где, как знала она, всегда приготовлены для нее кусочки хлеба, коими укрепляемы были ее привязанности — схватил кувшин с водой и обрушил его на проклятую тварь так удачно, что она, даже не пискнув, тотчас отдала Богу душу или что там есть у крысы.

И в ту ночь я смог наконец выспаться. А наутро почувствовал, что мне словно чего-то не хватает. Исчезновение неприятной соседки обратило мои мысли к иным предметам, предоставив время для размышлений, например, о предательстве Анхелики и о костре, в пламени которого, судя по всему, предстояло мне завершить свой краткий век. Что касается вероятности обратиться в головешку, то скажу вам без утайки и похвальбы — это не слишком меня заботило. Я был так истерзан тюрьмой и побоями, что всякая перемена участи представлялась мне желанной, ибо сулила избавление от мук. Порою я прикидывал, долго ли придется умирать на костре, вспоминая, что «отрекшихся от пагубных заблуждений» милосердно удавливают гарротой, перед тем как поднести факел к вязанкам сухого хвороста, избавляющего от любой хворости, но и без этого, утешал я себя, никакое страдание не бывает вечным, и, сколько бы ни длилось оно, наступит ему конец, и ты, Иньиго, отдохнешь. Кроме того, во времена моего отрочества смерть считалась делом легким и даже обыденным, а я был уверен, что не столь уж много смертных грехов тяготило мою душу, чтобы они стать помехой к воссоединению ее — в положенном месте — с благородной солдатской душою Лопе Бальбоа. Вспомним, господа, что человек в мои нежные года склонен воспринимать жизнь в героическом свете, и то обстоятельство, что сидел я в ожидании казни потому, как ни крути, что отказался выдать инквизиции капитана Алатристе и его друзей, отчасти давало мне основания — вы уж меня простите — гордиться собой. Понятия не имею, был ли я наделен мужеством от рождения, но если первый шаг к благоприобретенному обладанию этим даром природы состоит в том, чтобы вести себя мужественно, то — Бог свидетель! — ваш покорный слуга этот шаг сделал. Да и не один.

Тем не менее я предавался безутешному отчаянью: казалось, что тщится заплакать само нутро, и эти невидимые слезы не имели ничего общего с теми, которые исторгали из меня плети палачей или изнеможение, тоже порой просившееся наружу соленой водицей из глаз. Да, это была тоска ледяная и безнадежная, и как-то она связывалась с воспоминаниями о матери и сестричках, о том, как Алатристе с молчаливым одобрением наблюдал за моими действиями, о пологих зеленеющих склонах родного Оньяте, о ребяческих забавах, делимых с соседскими детьми. Я чувствовал, что прощаюсь со всем этим навсегда, и остро ощущал: множество всякой чудесной всячины, ожидавшей меня в жизни, ни увидеть, ни отведать мне не суждено. И сильней всего горевал я по невозможности в последний раз взглянуть в глаза Анхелики де Алькесар.

Нет, клянусь вам, — я не возненавидел ее. Напротив, уверенность в том, что она внесла свою немалую лепту в мое бедственное положение, придавала моим воспоминаниям какой-то особый — одновременно и горький, и сладостный — привкус. Она была коварна — и со временем свойство это развилось до степеней немыслимых — но так прекрасна! И вот как раз это сочетание — не такое уж, как оказалось, редкостное — доводило меня до полного умопомрачения и заставляло наслаждаться тем, что́ терплю я и сношу ради нее. Ей-богу, она меня приворожила. Впрочем, потом, по прошествии многих лет, я слышал о мужчинах, которым лукавый демон сумел влезть в самую душу, и в каждой из этих историй без труда узнавал я свою собственную. Анхелика де Аль- кесар завладела моей душой и, пока жива была, не возвращала. А я, готовый без малейших колебаний тысячу раз отдать за нее жизнь и к ее ногам сложить жизни тысячи других, так никогда и не смог поза- быть ее таинственную улыбку, холодную синеву ее глаз, матовую белизну кожи, чье нежное прикосно- вение и по сей день помнит моя кожа, иссеченная рубцами от давних, затянувшихся ран, одну из кото- рых, черт возьми, она же мне и нанесла. И как ника- кими силами не соскоблить и не вытравить со спи- ны длинный шрам от кинжала, так из памяти моей никогда не изгладится ночь, случившаяся много лет спустя, когда мы с Анхеликой были уже совсем не дети, когда я держал ее в объятиях, одновременно обожая и ненавидя, и мне было совершенно безраз- лично, живым или мертвым встречу я зарю. И она, близко глядя мне в глаза, едва шевеля обагренными моей кровью губами, ибо за миг до этого прильнула ими к бороздке, прочерченной острием, прошепта- ла слова, которые я не забуду ни на этом свете, ни на том: «Как я рада, что еще не убила тебя».

Испугался ли Алькесар, решил ли выждать или зате- ял очередную каверзу — а может, то и другое и тре- тье, — но на руках у него было достаточно козырей, чтоб навязать свою игру. Так или иначе, ночное про- исшествие достоянием гласности не стало; Диего Алатристе в розыск объявлен не был, и наступив- ший день, подобно нескольким предыдущим, провел он в каморке Хуана Вигоня, служившей ему укрытием. Однако к вечеру, под прикрытием темноты решил нанести еще один визит.

Лейтенант альгвасилов Мартин Салданья повстречал его на пороге собственного дома, что на улице Леон, когда в поздний час возвращался с последнего обхода. Если быть точным, то не самого Алатристе, а поблескивающий ствол наставленного пистолета. Но Салданья был человек закаленный, в долгой жизни своей навидавшийся предостаточно пистолетов, и мушкетов, и аркебуз, и прочего стреляющего добра, а потому от очередного ствола не было ему ни жарко, ни холодно. И, уперев руки в боки, воззрился он на капитана: тот был в плаще и шляпе, в правой руке держал пистолет, а левую предусмотрительно завел назад, взявшись за кинжал у пояса.

— Матерь Божья, Диего, как не надоест тебе валять дурака!

Алатристе, никак не отозвавшись на это замечание, чуть выступил из тени на свет, чтобы видеть лицо Салданьи, благо на углу улицы Уэртас тускло горел факел. Пистолет он поднял дулом вверх, как бы предъявляя его альгвасилу:

— Понадобится?

Мартин несколько мгновений созерцал его молча, а потом ответил:

— Нет. Пока — нет.

Обстановка несколько разрядилась. Капитан спрятал пистолет за пояс и выпустил из пальцев рукоять кинжала.

— Тогда пойдем-ка прогуляемся, — сказал он.

— ...Одного в толк взять не могу: почему меня не объявили в розыск?

Миновав площадь Антона Мартина, они спускались по улице Аточа, пустынной в этот глухой час. Ущербный диск луны сию минуту выплыл из-за крыши госпиталя Господней Любви, и мутноватый блеск заиграл на воде, вытекавшей из фонтана и струившейся по стокам вниз. Запах подгнивших овощей перемешивался с резким запахом лошадиного навоза.

— Не знаю и знать не хочу, — отвечал Салданья. — Но это в самом деле так: твое имя нигде не проходит.

Обходя очередную кучу, он все же вступил ногой во что не надо и выругался сквозь зубы. Короткая пелерина делала его широкоплечую фигуру еще массивней.

— Однако это еще ничего не значит, — продолжал он. — Гляди в оба. Оттого, что за тобой по пятам не ходят мои люди, не думай, будто никого не волнует твое здоровье... Насколько мне известно, инквизиция намерена взять тебя безо всякой огласки. Тихо.

— Почему?

Салданья покосился на капитана:

— Мне, понимаешь ли, не докладывали, а я не спрашивал. Вот что я знаю: личность женщины, задушенной в собственном портшезе, установлена. Это некая Мария Монтуэнга, служившая дуэньей у одной послушницы в бенедиктинском монастыре Поклонения... Тебе что-нибудь говорит это имя?

— Решительно ничего.

— Я так и думал. — Лейтенант тихо рассмеялся, не разжимая зубов. — Не говорит — и не надо, оно и к лучшему, потому что дело — скверное... Говорят, старуха была еще и сводней. А теперь этим очень заинтересовалась инквизиция... Тебя, разумеется, и это ни с какой стороны не касается, да?

— Ни в малейшей степени.

— Ну да, ну да ... Еще поговаривают о скольких-то убитых, которых никто не видел, и о том, что неизвестные устроили в монастыре такой тарарам, какого старожилы не припомнят... — Он вновь покосился на Алатристе. — И кое-кто соотносит все это с предстоящим в воскресенье аутодафе.

— А ты?

— А я — нет. Я получаю приказы и выполняю их. А раз мне никто ничего не сообщает, чему я бесконечно рад, я всего лишь смотрю, слушаю и помалкиваю. При моей должности это очень благоразумно... Что же касается тебя, Диего, то мне бы ужасно хотелось, чтобы ты убрался отсюда — как можно скорей и как можно дальше. Какого рожна ты торчишь в Мадриде?

— Иньиго...

Салданья прервал его, крепко выругавшись:

— Можешь не продолжать! Знать ничего не знаю ни о твоем Иньиго, ни о прочих твоих проклятых делах! А насчет воскресенья я тебе так скажу: не суйся. Мне приказано вывести поголовно всех моих людей с оружием и передать их в распоряжение Священного Трибунала. Не то что ты — сама Пречистая Дева ничего не сможет сделать.

Дорогу им пересекла стремительная кошачья тень. Они были уже возле самого госпиталя Консепсьон, когда послышался женский голос: «Поберегись!» — и оба благоразумно послушались: содержимое ночного горшка выплеснулось из окошка на мостовую.

— И последнее, — произнес Салданья. — Есть один малый... Он, как и ты, сдает свою шпагу внаем. Остерегайся его... Судя по всему, его тоже решили привлечь к этому делу...

— К какому еще делу? — Алатристе насмешливо встопорщил невидимый в темноте ус. — Не ты ли минуту назад божился, что ничего не слышал и не знаешь?

— Поди-ка ты, капитан, знаешь, куда?

— Знаю, знаю. Тебе, верно, там понравилось, что других посылаешь?

— Ладно, хватит зубоскалить. — Салданья оправил пелерину, и от этого движения зловеще зазвенела спрятанная под нею сталь. — Малый, о котором я тебе толкую, выслеживает тебя по всему городу. Да не один, а с полудюжиной ухорезов, чтоб уж не сорвалось... Ахнуть не успеешь, как они тебя распотрошат. А зовут его...

— Малатеста. Гвальтерио Малатеста.

Снова послышался негромкий смешок лейтенанта:

— Он самый. Итальянец?

— Из Сицилии. Как-то, помнится, подрядились мы с ним на пару выполнить один заказец. Делали да не доделали, застряли на середине... А потом еще раза два пересекались наши дорожки.

— Клянусь кровью Христовой, он сохранил о тебе не самые светлые воспоминания. Сдается мне, ему не терпится до тебя добраться.

— А что еще ты о нем знаешь?

— Не много. Знаю, что у него весьма могущественные покровители, и он превосходно знает свое ремесло. В Генуе и Неаполе многих отправил на тот свет за чужой счет. Поговаривают, что он получает от этого удовольствие. Какое-то время жил в Севилье, около года назад объявился в Мадриде... Все. Если надо, могу собрать еще какие-нибудь сведения.

Алатристе не ответил. Они уже добрались до края Прадо-де-Аточа, и теперь перед ними простирались темные сады и поле, за которым брала начало дорога. Помолчали, слушая треск цикад. Первым заговорил Салданья — понизив голос, словно и здесь их могли подслушать:

— В воскресенье будь особенно осторожен. Сделай так, чтобы не пришлось заковывать тебя в кандалы. Или убивать.

Капитан продолжал молчать. Он стоял не шевелясь, завернувшись в плащ, и поле шляпы бросало тень на его лицо, и без того едва различимое в полутьме. Салданья хрипло вздохнул, затоптался на месте, словно собираясь уйти, снова вздохнул и смачно выругался.

— Вот что я скажу тебе, Диего, — промолвил он, тоже уставившись в темную пустошь. — Мы с тобой никогда особо не обманывались насчет мира, в котором нам выпало жить... Я устал. У меня — хорошая жена, и ремесло мое мне по вкусу, да притом еще и кормит. Это я все к тому, что когда у меня в руке жезл альгвасила, я родного отца не узнаю... Может быть, я — сволочь, не спорю, но уж какой есть. И мне хотелось бы, чтобы ты...

— Лишнее говоришь, Мартин.

Ночной гость

Капитан произнес это мягко и почти небрежно. Салданья снял шляпу, провел короткопалой широкой ладонью по лысеющему темени.

— Верно. Я вообще говорю слишком много. Должно быть, старею. — Он в третий раз вздохнул, не отводя глаз от темного поля впереди, вслушиваясь в треск цикад. — Да и ты тоже. Оба мы стареем, капитан. И ты, и я.

Послышался отдаленный перезвон курантов. Алатристе был все так же неподвижен.

— Мало нас осталось, — произнес он.

— Мало... — Салданья надел шляпу, некоторое время о чем-то раздумывал, потом подошел вплотную к капитану, снова стал рядом. — Очень мало, черт побери. Очень мало тех, с кем можно постоять помолчать, вспомнить прошлое. Да и они — уж не те, какими были когда-то.

Он тихо засвистал старинную песню. В ней поминались полки, походы, приступы, добыча, победы. Когда-то, восемнадцать лет назад, он пел ее вместе с моим отцом и другими товарищами, когда грабили Остенде, когда генерал Амбросьо Спинола вел их берегом Рейна во Фрисландию, в Ольденшель и Линген.

— Впрочем, — добавил он. — может, и век наш недостоин таких, как мы. То есть таких, какими были мы.

Салданья взглянул на капитана. Тот медленно кивнул. Выщербленный лунный диск швырнул к его ногам бесформенную расплывающуюся тень.

— А может быть, — пробормотал Алатристе, — мы и сами теперь их недостойны.

IX

Аутодафе

В царствование четвертого Филиппа, равно как и его предшественников на троне, Испания наша без памяти любила жечь на кострах еретиков и ведьм, иудействующих и чернокнижников. Аутодафе собирали тысячные толпы зрителей, среди которых были и аристократы, и плебеи, а если действо происходило в Мадриде, то могли почтить его своим присутствием и коронованные особы, сидевшие на почетных местах. Даже наша королева Изабелла, по молодости лет и принадлежности к нации лягушатников испытывавшая определенного рода отвращение к подобным зрелищам, в конце концов прониклась к ним, как и все ее подданные, истинной страстью. Единственное, чего из всех наших местных прелестей так и не приняла душа дочери Генриха Наваррского, был замок Эскориал, где, казалось, еще бродит тень «Благоразумного Короля» — Филиппа Великого: Изабелла наотрез отказывалась там жить,

Аутодафе

говоря, что на ее вкус дворец чересчур мрачен, несоразмерно громоздок и там очень сыро. Тем не менее, когда время приспело, она все же переселилась туда: ни за что не хотела спать в его опочивальнях — пришлось опочить в его усыпальнице. И, видит Бог, даровано ей было не худшее на свете место — рядом с пышными склепами императора Карла и сына его, великого Филиппа, прадеда и деда нынешнего нашего государя. Благодаря монаршему их попечению и к вящей досаде турка, француза, голландца и англичанина, ни дна им всем ни покрышки, отечество наше целых полтора столетия крепко держало Европу... вот-вот, именно за то, что вы подумали.

Ну хорошо, вернемся к аутодафе. Так вот, пиршество, на котором, к несчастью, должен был появиться и я, но не званым гостем, а блюдом, начали готовить дня за два до назначенного срока: на Пласа-Майор поднялась большая строительная суета, и плотники под началом десятников стали возводить здоровенный, футов на пятьдесят, помост, окруженный ступенчатым амфитеатром, затянутым материей, завешанным коврами и драпировками. Даже ко дню бракосочетания их величеств не украшали площадь с таким размахом и рвением: все прилегающие к ней улицы перекрыли, чтобы кареты и всадники не создавали сутолоки; для королевской фамилии предусмотрели места под балдахином со стороны улицы Меркадерес, как самой тенистой. Поскольку длительная церемония грозила затянуться на весь день, устроители озаботились возведением навесов, под которыми горожане могли перекусить, освежиться и выпить прохладительного. Столь велики были ожидания, что на свете в тот день ничто не могло сравниться с вожделенным билетом, дававшим право смотреть на казнь из окна, и многие уплатили очень приличные деньги алькальду Дома и Двора за то, чтобы устроиться поудобней и там, откуда все как на ладони. Входили в число этих многих знатнейшие вельможи, придворные кавалеры, высшие сановники, послы, включая и папского легата: нунция его святейшества даже *fumata bianca*[1] не заставила бы отказаться от такого зрелища, как коррида, *каньяс* и, само собой разумеется, поджаривание грешников.

В тот день, долженствовавший войти в анналы, Священный Трибунал по своему обыкновению рассчитывал хлопнуть нескольких куропаток одним выстрелом. Преисполнившись решимости пресечь связи Оливареса с португальскими банкирами иудейского происхождения, самые оголтелые инквизиторы из Высшего Совета задумали устроить беспримерное по размаху аутодафе, чтобы вселить ужас в души людей с нечистой кровью. Имеющий уши да слышит: ни богатство, ни расположение всесильного министра не позволят им чувствовать себя в Испании вольготно. Инквизиция, призвав к себе на помощь его набожное величество, который в юности был так же безволен и мягкотел, как и в старости, и так же легко поддавался чужому влиянию, предпочла разорить страну, лишь бы не осквернить веру. Именно для того, чтобы уж наверняка и под са-

---

1 Fumata bianca (*итал.*) — белый дымок (сигнал избрания конклавом нового Папы).

Аутодафе

мый корень подрубить замысел Оливареса, дело о монастыре бенедиктинок, равно как и прочие подобные дела, рассматривалось с такой неслыханной быстротой — просто-таки летело к справедливому воздаянию, призванному дать острастку всем. Недаром же справились за несколько недель, хотя обычно в подобных случаях требовались долгие месяцы, а порой и годы скрупулезного следствия.

Из-за спешки пришлось даже упростить мудреную процедуру. Обычно приговоры осужденным оглашались за день до аутодафе, после того, как пышная процессия зеленый крест вносила на площадь, а белый — устанавливала на месте казни. На сей раз приговор было решено прочесть перед самым началом церемонии прилюдно, когда огромная толпа до отказа заполнит Пласа-Майор. Доставив из тюрем Толедо заключенных общим числом двадцать человек, их — то есть нас — разместили в подвале на улице Премостенсес, в просторечии именуемой улицей Инквизиции, неподалеку от площади Сан-Доминго.

И стало быть, в субботу вечером, не дав ни с кем и словом перемолвиться, меня вывели из камеры, втолкнули в карету с зашторенными окнами и под надежной, хорошо вооруженной охраной доставили к месту назначения, озаренному светом смоляных факелов. В столичной тюрьме накормили довольно пристойным ужином, дали тюфяк и одеяло, под которым предстояло мне скоротать эту ночь, заполненную топотом ног, лязгом запоров, звуками голосов, беготней, суетой — все эти звуки доносились ко мне из коридора. Я всерьез опасался, что наступающий день не сулит мне ничего хорошего, и ломал себе голову, ожидая, когда же осенит ее, как это обычно случается с героями Лопе, блестящая мысль и отыщется выход. В те минуты я пребывал в полнейшей уверенности, что, какая бы вина ни тяготела надо мной, отправить меня на костер инквизиторы не имеют права — года мои не вышли. А вот засечь плетьми или сгноить за решеткой — с них станется, и я совершенно не знал, что́ из двух предпочтительней: то и другое мало мне улыбалось. Но тем не менее — поистине чудесна натура человеческая! — здоровые *гуморы*, столь свойственные младости, тяготы заключения и трудный путь сделали свое дело, и после того, как я промаялся довольно долго, снова и снова предаваясь размышлениям о своей печальной судьбе, благодетельный и целительный сон наконец сжалился надо мной, милосердно избавив от тревоги, томившей мой бодрствующий рассудок.

Две тысячи человек провели эту ночь на ногах, чтобы занять место, и потому в семь часов утра на Пласа-Майор яблоку негде было упасть. Затерявшись в густой толпе, надвинув шляпу на самые брови и закрывая пелериной нижнюю часть лица, Диего Алатристе пробирался на галерею де ла Карне. Аркады были забиты народом разнообразнейшего звания и состояния — дворяне, клирики, купцы, лакеи и горничные, школяры, проходимцы всех мастей, нищие и всякий сброд толкались и пихались, стремясь устроиться поудобней. В окнах виднелись золотые цепи, кружева по сотне эскудо за локоть, сутаны и прочие приметы людей из общества, тогда как внизу, расположившись целыми семьями с малыми детьми, простолюдины держали наготове корзины, содержимое которых призвано было утолить голод и жажду, и сновали в толпе разносчики медовухи, водоносы, торговцы сластями и лакомствами. Зычно расхваливал свой товар продавец освященных четок и литографий с изображениями Сердца Христова и Пречистой Девы, уверяя, что в такой день, как сегодня, покупатель обрящет благословение папы и полное отпущение грехов. Чуть поодаль от него жалостно канючил калека-ветеран фламандских кампаний, едва ли знающий, с какого конца заряжается аркебуза, и оспаривали у него место лже-паралитик и еще некто, с помощью рыбьей чешуи на бритой голове тщившийся — весьма, впрочем, неубедительно — представить экзему. Отвешивали замысловатые комплименты светские любезники; искало себе поживы ворье и жулье. Две девицы — красотка без покрывала и страхолюдина в мантилье — из тех, кто корчит из себя недотрог, обладать которыми достоин разве что испанский гранд или генуэзский банкир, убеждали какого-то мастерового, прицепившего шпагу и, стало быть, усвоившего замашки знатного сеньора, чтобы тряхнул мошной и угостил их глазированными фруктами и миндалем в сахаре. А бедняга-ремесленник, и без того уже спустивший чуть не все, что взял с собой, радовался втихомолку, что не взял больше. И невдомек ему было, убогому, что истинный кабальеро никогда ничего не дает и давать не собирается, именно в этом полагая свою гордость.

Денек выдался — как по заказу. Светлые глаза капитана щурились от ослепительного сияния, заливавшего площадь; локтями он прокладывал себе путь в толпе. Пахло по́том, множеством скученных тел — словом, атмосфера была самая праздничная. Алатристе, чувствуя, как нарастает в нем глухое безутешное отчаяние, сознавал, что столкнулся с неодолимой, неумолимой силой. Словно наблюдал со стороны ход механизма, чьи безжалостные маховики и шестерни могут вселить в человека лишь ужас и стремление смириться перед неизбежным. Решительно ничего нельзя было сделать: более того — опасность грозила и самому капитану. Пригнув голову так, что левый ус лежал чуть не на плече, он шел, поспешно отворачиваясь и ускоряя шаги всякий раз, когда казалось, что кто-то поглядел на него внимательней, чем следовало бы. Да и шел-то лишь затем, чтобы шевелиться, а не стоять в оцепенении. Куда, к дьяволу, запропастился дон Франсиско де Кеведо? Его поездка была тем единственным, что давало хоть какую-то, пусть призрачную надежду, и капитан хватался за нее, как утопающий — за соломинку, которая переломилась в его пальцах, когда запели горны гвардейских трубачей, и все взоры обратились в сторону улицы Меркадерес, к балкону, задрапированному красным шелком. Под рукоплескания толпы заняли свои места их величества: важный Филипп Четвертый в черном бархате, с золотой цепью на груди и сам золотисто-рыжеватый, как галун, — сев в кресло, государь больше уже не двигал ни рукой, ни ногой, ни головой, — и королева Изабелла в желтом атласе, в перьях и самоцветных камнях, украшавших ее головку. Под их балконом в безупречном строю замерли внушительные гвардейцы с алебардами: слева — испанец, справа — немец, посредине — лучники. Прекрасное зрелище для всех, кому не грозит опасность быть сожженным. На помосте высился зеленый крест, с фасадов свисали, чередуясь, полотнища с гербами его величества и инквизиции — крест между оливковой ветвью и мечом. Все как положено, не придерешься. Можно начинать представление.

В половине седьмого вооруженные шпагами, пиками и аркебузами альгвасилы и *близкие* вывели нас из тюрьмы, и процессия наша двинулась через площадь Сан-Доминго, мимо церкви Св. Хинеса и дальше, по Калье-Майор, чтобы вступить на Пласа-Майор со стороны улицы Ботерос. Мы шли вереницей — каждого сопровождал стражник и облаченный в траур *близкий* со зловещим черным жезлом в руках. Клирики в стихарях заунывно тянули молитву, мрачно бухали барабаны, колыхались затянутые крепом распятия, пялились прохожие. Открывали шествие повинные в богохульстве, за ними следовали двоеженцы, за ними — уличенные во грехе мужеложства или содомиты, за ними — иудействующие и приверженцы секты Магомета, а последними — колдуны и ведьмы, и в каждом из этих разрядов несли сделанные из воска, картона и тряпья чучела тех, кто умер в тюрьме или скрывался от правосудия: таких приговаривали к казни и предавали огню заочно, в изображении — *en effigie*. Я шел в середине процессии, среди несовершеннолетних иудействующих, пребывая будто в каком-то мареве, и мне казалось, что если усилием воли вырвусь из него, все это кончится, как дурной сон. Каждого из нас стражники, перед тем как вывести наружу, обрядили в санбенито: на моем красовался лишь красный андреевский крест, зато все остальные были, помимо того, размалеваны языками адского пламени. Среди спутников моих были мужчины, были женщины и даже девочка примерно одного со мною возраста. Одни плакали, другие сохраняли спокойствие, как, например, молодой священник, на мессе вздумавший отрицать таинство евхаристии. Взвалив на спину мулам, везли двоих осужденных, которые сами идти не могли, — дряхлую старуху, взятую по доносу соседей, заподозривших ее в ведовстве, и мужчину, обезножевшего после пыток. Эльвиру де ла Крус поставили в последних рядах, обрядили в санбенито и колпак, дали — как и всем — свечу в руку. Когда мы двинулись, я потерял ее из виду, ибо оказался далеко впереди да и шел, низко опустив голову: боялся, что среди зевак окажется кто-нибудь из моих знакомых — излишне говорить, что я был полумертв от стыда.

Когда шествие вступило на площадь, капитан стал искать меня взглядом. Однако нашел только после того, как нас по очереди возвели на ступени помоста и рассадили по местам: каждого — меж двух *близких*, и, надо сказать, нашел не без труда — я ведь головы не поднимал, помост же был, если помните, высок, так что наслаждались зрелищем лишь те, кто сидел в

Аутодафе

окнах, а прочим ничего толком не было видно. Приговоры еще не оглашались, но Алатристе вздохнул с
облегчением, убедившись, что его паж стоит среди
несовершеннолетних иудействующих и притом —
без колпака: стало быть, по крайней мере, жив останется. Среди облаченных в траур *близких* мелькали
черно-белые сутаны доминиканцев, игравших тут
первую скрипку, тогда как монахи других орденов —
за исключением францисканцев, которые отказа-
лись явиться на аутодафе, ибо сочли, что им невме-
стно сидеть ниже августинцев — уже заняли места
для почетных гостей рядом с алькальдом Дома и
Двора, членами советов Кастилии, Арагона, Италии,
Португалии, Фландрии и Индий. На скамье, отведенной Высшему Совету шести судей, сидел неподалеку
от великого инквизитора падре Эмилио Боканегра,
иссохший и зловещий. Это был час его торжества, и,
надо полагать, он ликовал в душе, как и Луис де Алькесар, находившийся в ложе для самых высокопос-
тавленных сановников неподалеку от нашего государя, который в этот самый миг клялся защитить
святую нашу матерь католическую церковь и преследовать еретиков и вероотступников, посягающих
на веру истинную. Был здесь, разумеется, и граф
Оливарес: он сидел справа от августейшей четы в ложе, убранной не столь пышно, и вид имел довольно
мрачный. Мало кто при дворе не знал, что все это
представление затеяно в его честь.

Началось оглашение приговоров. Одного за другим осужденных ставили перед судьями, которые
после дотошного перечисления всех преступлений

и прегрешений, свершенных этими несчастными, сообщали, какой удел им уготован. Тех, кого приговаривали к отправке на галеры или бичеванию, уводили, тем, кому выносили смертный приговор, связывали руки. С этой минуты назывались они *отпущенными*, однако никуда их не отпускали, а — поскольку инквизиция, как ведомство духовное, не должна была пролить ни капли крови, — передавали светским властям, а уж тем предстояло привести этот самый приговор в исполнение, но опять же так, чтобы до конца соблюсти вышеуказанное условие не проливать кровь: иными словами — отправить осужденных на костер. Предоставляю вам самим, господа, оценить всю тонкость этой изуверской казуистики — у меня для этого приличных слов нет.

Ладно. Все шло как по писаному: читались обвинительные заключения, оглашались приговоры, одни осужденные стенали и плакали, другие узнавали о назначенной им каре со стоическим смирением, и чем суровей был вердикт, тем восторженней вопили зрители. Священника, отрицавшего присутствие Христа в священной гостии, осудили на смерть, что вызвало неистовые рукоплескания и одобрительные крики, и, в знак лишения сана мелом перечеркнув ему обе ладони, язык и тонзуру, повлекли его туда, где уже был сложен костер — на эспланаду с внешней стороны Пуэрта-де-Алькала. Старуха, уличенная в колдовстве, была приговорена к сотне плетей и, по исполнении этого наказания, — к пожизненному заключению: судьи не поскупились. Двоеженец получил двести плетей, шесть лет галер, а потом еще четыре года ссылки. Богохульники — ссылку и три года каторжных работ в Оране. Сапожнику с женой, как раскаявшимся и *примирившимся с церковью* еретикам, предстояло сесть в тюрьму до конца дней своих, а перед тем всенародно отречься от своих заблуждений — произнести формулу *abjuratio de vehementi*[1]. Десятилетнюю девочку, уличенную в иудействе, но примирившуюся, приговорили к ношению покаянного облачения и двум годам тюрьмы, а по отбытии этого срока — к передаче в христианскую семью на воспитание в духе истинной веры. Ее шестнадцатилетнюю сестру — к пожизненному заключения без права помилования. Обеих, не выдержав пыток, выдал отец-португалец, по роду занятий кожевник, осужденный на смерть и *abjuratio de vehementi* — это был тот самый человек, которого привезли на муле, ибо своими ногами идти он не мог. Его жену, успевшую скрыться, должны были сжечь *en effigie*.

Помимо священника и кожевника, смерти на костре обрекли еще супругов-португальцев, уличенного в содомском грехе подмастерье ювелира и Эльвиру де ла Крус. Все они, за исключением клирика, отреклись, раскаялись в содеянном и потому перед сожжением подлежали милосердному удавлению гарротой. Изображения старого валенсианца Висенте де ла Круса и двух его сыновей, один из которых погиб в схватке, а другой сбежал, были вздеты на ше-

---

1 В зависимости от характера преступлений обвиняемые приговаривались к одному из видов отречений — «легкому» (*abjuratio de levi*), «сильному» (*abjuratio de vehementi*) и «формальному» (*abjuratio de formali*).

сты, а его дочь, обряженную в санбенито и высокий остроконечный колпак, подвели к судьям, прочитавшим ей вердикт. Когда Эльвире предложили отречься от преступлений совершенных или вовремя пресеченных, как то: исполнение обрядов иудейской веры, заговор, святотатственное осквернение монашеской обители и прочее, — девица повиновалась с безразличием, потрясающим душу. Она стояла, бессильно уронив голову, — санбенито, как на вешалке, болталось на ее истерзанном теле — и, покорно произнеся формулу отречения, выслушала свой приговор, не выказав ни волнения, ни ужаса, ни скорби. Несмотря на обвинения, которые она выдвинула или позволила выдвинуть против меня, я испытывал жалость к этой несчастной, разом ставшей и жертвой и орудием в руках бессовестных, бесчестных негодяев, сколько бы ни распинались они о своей любви к Богу, как бы ни кичились твердостью своей веры. Но вот Эльвиру увели, и я понял, что скоро настанет мой черед. Вне себя от страха, от срама обводил я глазами площадь, в отчаянии пытаясь увидеть капитана Алатристе или еще чье-нибудь дружеское лицо — напрасно: ни участия, ни сочувствия, ничего, кроме ярости, злорадства, насмешки, ожидания, не мог я прочитать на лицах зрителей, сплошной стеной окружавших помост. То было лицо мерзкой черни, предвкушающей кровавое зрелище, да еще и задарма.

Но Алатристе меня все-таки видел. Прислонясь к колонне галереи, он сумел разглядеть тот ряд скамеек, где сидел я вместе с другими осужденными, причем по обе стороны от каждого из нас находились каменно безмолвные стражники. Передо мной выслушивать приговор должен был некий цирюльник, обвиненный в богохульстве и сделке с дьяволом, — невысокого росточка и жалкого вида человечек этот плакал, закрыв лицо руками, ибо никакая сила в мире не смогла бы спасти его от сотни ударов плетью, после чего ему предстояло еще несколько лет ворочать тяжеленным веслом на королевских галерах. Капитан протиснулся немного вперед, чтобы встретиться со мною взглядом, но слишком уж глубоко я был погружен в этот кошмарный сон наяву, чтобы глядеть, а стало быть, видеть. Сосед Алатристе, принарядившийся для праздника скот, беспрестанно балагурил и весело переговаривался со своими спутниками, издеваясь над осужденными. Тыча в меня пальцем, он прошелся и на мой счет. И капитан не совладал с бессильной яростью, душившей его все последние дни: покоряясь ей и не успев даже сообразить, что делает, полуобернулся к шутнику и будто бы по случайности, однако очень больно заехал ему локтем под ребро, прямо в печень. Тот охнул, выругался, вскинулся было, но, прочитав смертельную угрозу в льдисто-светлых глазах Диего Алатристе, прикусил язык и стал кроток и тих.

Капитан отодвинулся, и теперь ему открылся вид на сидевшего в ложе Луиса де Алькесара. Королевский секретарь выделялся среди прочих сановников алым крестом ордена Калатравы, вышитым на груди его черного одеяния. Круглая голова с жидкими, бесцветными волосами, лежавшая на белом круглом крахмальном воротнике, как на блюде, была величаво неподвижна, словно у статуи, но, подмечая каждую мелочь, шныряли из стороны в сторону живые зоркие глаза. И когда порой они встречались с глазами падре Эмилио Боканегра, горевшими огнем исступленного фанатизма, становилось ясно: чтобы превосходно понимать друг друга, этим двоим слова не нужны. Здесь и сейчас воочию показывали они, что истинная власть принадлежит им — растленным чиновникам и остервенелым попам, а сверху невозмутимо и равнодушно взирает на них четвертый наш Филипп, габсбургский выкормыш, который бровью не поведет, когда его верноподданных жгут на костре, и лишь время от времени, прикрывая рот перчаткой или рукой — белой, с голубыми прожилками — объясняет венценосной супруге подробности предстоящего действа. Учтивый, любезный, рыцарственный — и слабый духом, — он сделался игрушкой этих сил при дворе; он не способен был видеть землю и потому всегда задирал голову к небесам, и ему ли было удержать на своих царственных плечах великое наследие пращуров? Ему ли было предотвратить неуклонное скольжение нашей отчизны в пропасть?

Моя судьба была предрешена, но если бы на площади в таком множестве не кишели полицейские, альгвасилы, стражники, *близкие* и королевские гвардейцы, быть может, Диего Алатристе и совершил бы какое-нибудь отчаянное и героическое безумство. По крайней мере, мне хочется думать, что совершил бы, будь для того хоть малейшая возможность. Но все равно ничего бы не добился, тем более что и время, как принято теперь выражаться, было против нас. Предположим даже, что дон Франсиско де Кеведо поспеет к сроку — неведомо, впрочем, что привезет он из Уэски, — но с той минуты, как стража возведет меня на помост, где оглашали приговоры, никто на свете — ни его величество, ни сам папа римский — не смогут уже переменить мою участь. Капитан продолжал терзаться этими мыслями, как вдруг заметил, что Луис де Алькесар смотрит на него. На самом деле это было едва ли возможно, ибо Алатристе стоял в самой гуще толпы и закрывал лицо плащом. И тем не менее — он чувствовал устремленный на него взгляд секретаря, а потом тот взглянул на доминиканца, и вот уже падре Эмилио, будто получив безмолвный сигнал, принялся буравить глазами людскую толщу. Тогда Алькесар медленно поднял левую руку и положил ее на грудь: он словно бы различил в толпе еще кого-то, ибо уставился в одну точку где-то слева от капитана — потом все так же медленно поднял и опустил руку еще дважды и вновь взглянул прямо на Алатристе. Тот обернулся и увидел две или три широкополых шляпы, плывущие в людском море прямо к нему.

Солдатское чутье сработало раньше, нежели разум успел принять нужное решение. В такой толкотне шпаги бесполезны, и капитан высвободил из-под пелерины кинжал, который носил слева и сзади. Потом стал отступать, ввинчиваясь в толпу. Как всегда в минуты опасности, он соображал особенно стремительно, действовал молча и четко, не делая ни одного лишнего движения. Он заметил, что шляпы остановились, будто в недоумении, там, откуда он только что ушел, и, бросив взгляд в ложу, увидел, что Луис де Алькесар явно теряет терпение, а предписанная этикетом неподвижность не может скрыть его досады. Алатристе прошел еще немного по направлению к противоположной оконечности площади и с новой точки взглянул на помост. Меня он теперь видеть не мог, зато профиль Алькесара различал ясно и горько пожалел, что нет с собой пистолета — особый эдикт воспрещал ношение огнестрельного оружия, и было бы полнейшим безрассудством брать его с собой в столь людное место. С каким бы наслаждением капитан вскочил на помост и выстрелом в упор вышиб секретарю мозги! «Ладно, ладно, — бормотал он про себя. — Твое от тебя не уйдет. Получишь все, что причитается, а до тех пор никогда уже больше спокойно не заснешь, и каждую ночь будешь вспоминать мой приход...»

Цирюльника, обвиняемого в богохульстве, возвели на помост, и началось чтение пространного перечня его преступлений, а за ним и приговора. Алатристе знал, что следующая очередь — моя, и начал проталкиваться еще ближе, чтобы попытаться меня увидеть. И тут не столько заметил, сколько нутром снова почуял опасность. Преследовали его, бесспорно, люди умелые и упорные. Один, правда, отстал, где-то замешкавшись, но две других шляпы — черная и светло-коричневая с большим пером — рассекая толпу, приближались неумолимо и стремительно. Надо было прятаться, и капитану пришлось забыть обо мне и отступить за каменные столбы аркады. Подальше от толпы, среди людей — опасно; стоит лишь преследователям крикнуть: «Именем святейшей инквизиции задержите этого человека!» — и зеваки всей оравой кинутся на него. Лазейка к спасению оказалась всего в нескольких шагах — узенькая, извилистая улочка, примыкающая к площади Провинсиа: в дни, подобные сегодняшнему, толпящиеся на Пласа-Майор люди использовали ее как отхожее место, не обращая внимания на кресты и изображения святых, расставленные на каждом углу, дабы воспрепятствовать подобным бесчинствам. Туда и устремился капитан Алатристе. Но перед тем как скользнуть в тесный проем, где двоим встречным было не разойтись, он обернулся через плечо и убедился, что его преследователи тоже выбрались из толпы и скоро настигнут его.

Капитан даже не стал всматриваться. Быстро расстегнув пряжку, он обмотал пелерину вокруг левой руки для защиты от рубящих ударов, а правой обнажил кинжал — к неописуемому испугу какого-то бедняги, который справлял нужду за углом и, не докончив своего дела, кинулся прочь, застегивая штаны. Невольный виновник этого недоразумения прислонился плечом к стене, пропахшей мочой, как и мостовая. Славное место для кровопускания, думал он, покручивая кинжалом. Славное место, и славно будет в приятном обществе отправиться отсюда прямо в ад.

Первый из преследователей вынырнул из-за угла, и в узком — всего в несколько локтей — пространстве Алатристе успел заметить мелькнувший в его глазах ужас при виде *бискайца*. Еще он заметил длинные усы и бакенбарды, прежде чем, метнувшись навстречу, с быстротой молнии всадил ему в горло клинок. Противник, не успев даже ахнуть, зашатался и стал падать, перегораживая собой проулок. Из перерезанной глотки хлестнули красные ручьи, вымывая из него жизнь.

Вторым — как жаль, что он чуть приотстал! — оказался Гвальтерио Малатеста. Капитан сразу узнал его, едва лишь из-за поворота вывернулась черная тонкая фигура. В пылу преследования и от того, что не ждал встречи так скоро, итальянец держал оружие в ножнах. Однако сумел отпрянуть, и кинжал капитана всего на какой-то дюйм не дотянулся до него. Малатеста, тоже смекнув, что от шпаги в таких обстоятельствах толку мало, прикрылся своим спутником, который все еще держался на ногах, выхватил кинжал и, последовав примеру Алатристе, обмотал плащ вокруг левой руки и бросился на противника. Лезвия клинков со свистом разрезали ткань, звенели, наталкиваясь на каменные стены. Капитан и Малатеста дрались ожесточенно и молча: слышалось только их тяжелое дыхание. В глазах итальянца еще заметно было изумление, на этот раз ему было не до *тирури-та-та* — слишком серьезный оборот принимало дело. Они стояли так близко друг к другу, что капитан ощущал на лице горячее дыхание итальянца, который вдруг плюнул ему прямо в глаза. На миг ослепленный, Алатристе невольно отпрянул, заморгал, и итальянец, воспользовавшись этим, полоснул его кинжалом по ребрам и ниже — до самого бедра. Спасла ременная портупея — она смягчила удар, но клинок, разрезав материю и кожу, глубоко вошел в тело, и капитан ощутил жгучий холод, тотчас сменившийся острейшей болью. Боясь потерять сознание, он с размаху ткнул навершием рукояти в лицо

Аутодафе

Малатесты: кровь, обильно хлынувшая из рассеченной брови, заполнила оспины и шрамы на щеках и подбородке, залила стрелки выхоленных усиков. Теперь в неподвижных, как у змеи, глазах итальянца мелькнул страх. Алатристе отвел локоть назад и осыпал противника градом ударов, попадавших то в воздух, то в стену, то в плащ, то в колет: но все же раза два удалось задеть и самого Малатесту — по крайней мере, тот сдавленно зарычал от боли и ярости. Струящаяся у него по лицу кровь заливала глаза, и потому наносил он удары вслепую, наугад, что не делало их менее опасными, но лишь менее предсказуемыми.

Схватке этой, казалось, не будет конца. Оба уже обессилели, но шансы капитана, хоть он и страдал от боли в боку, были все же предпочтительней. А впрочем, Малатеста, у которого, вероятно, от ненависти помутился рассудок, если и намеревался погибнуть, то — вместе с врагом. Ему и в голову не приходило просить о пощаде, тем более что никто бы и не пощадил его. Шел поединок двух мастеров своего дела, знавших, на что идут, не тративших времени на оскорбления или пустые угрозы, работавших тщательно, выкладывавшихся до конца. На совесть.

Тут появился и третий — того же поля ягодка: бородатый, весь обвешанный оружием верзила завернул за угол и остолбенел от зрелища, открывшегося его вытаращенным глазам. Один валяется мертвым, двое сцепились в смертельной рукопашной, и проулок весь залит кровью, перемешанной с мочой. Выйдя из столбняка, он с замысловатой бранью схватился за кинжал, однако не мог ни кинуться на выручку вконец ослабевшему итальянцу, который стоять-то мог, только привалившись к стене, ни добраться до капитана — убитый перегораживал проход. А капитан, тоже едва держась на ногах, сумел высвободиться из цепких рук противника, продолжавшего тыкать кинжалом куда попало, и нанести ему удар. Услышав, как Малатеста выругался на родном языке, с удовлетворением понял, что удар этот достиг цели. Потом, швырнув пелерину на его кинжал и на миг сковав движения итальянца, бросился бежать вверх — к площади Провинсиа, хотя сердце, казалось, вот-вот выскочит из груди и легкие лопнут.

И вот смрадный двухколенный проулок остался позади. Алатристе потерял в драке шляпу и был весь перемазан чужой кровью, да и своя подкапывала из-под колета весьма обильно, так что на всякий случай он направился к церкви Санта-Крус, расположенной невдалеке. Чтобы перевести дух, присел на ступеньку паперти, готовый при первом же признаке опасности юркнуть в дверь. Бок болел. Капитан достал носовой платок, двумя пальцами ощупал рану и, убедившись, что она не слишком велика, перевязал ее. Никто не выскочил за ним следом, да и никому вокруг не было до него дела. Мадрид любовался представлением.

Приближался мой черед — мой и тех несчастных, которым предстояло выслушать свой приговор после меня. Цирюльнику-богохульнику отжалели сотню плетей и четыре года галер: несчастный извивался в руках стражников, с плачем указывая на жену и четырех ребятишек и взывая о снисхождении, в

Аутодафе

этих обстоятельствах решительно невозможном. В любом случае он еще легко отделался — куда легче, нежели те, кого в колпаках-коросах повезли на мулах к Пуэрта-де-Алькала, чтобы еще до наступления темноты обратить в пепел и прах.

Я был следующим: отчаянье и стыд были столь велики, что я боялся — ноги мне откажут. Все плыло перед глазами — площадь, заполненные людьми балконы, драпировки, караулившие меня стражники. Мне хотелось бы умереть прямо здесь, на месте, чтобы уж покончить все разом. Но к этому времени я знал, что не умру, что меня осудят на долгое тюремное заключение, а когда стукнет мне сколько-то там лет — отправят на галеры. И участь моя представлялась мне горше смерти, и едва ли не с завистью вспоминал я строптивого священника, который остался непреклонным и пошел на костер, так и не отрекшись и не моля о пощаде. В ту минуту мне много легче было бы умереть, нежели оставаться в живых.

Цирюльника увели; я увидел, как один из важных инквизиторов сверился со своими бумагами и посмотрел на меня. Пробил мой час; я устремил прощальный взгляд на королевскую ложу, где наш государь, наклонясь к уху своей венценосной супруги, что-то объяснял ей, а она слегка улыбалась. Дьявол их знает, о чем говорили они, покуда внизу монахи шустро и споро делали свое дело, — о тонкостях соколиной охоты, или еще о чем-нибудь, или просто ворковали. Толпа рукоплескала оглашенному приговору и зубоскалила в предвкушении нового. Инквизитор вновь перелистал бумаги, вновь поднял на меня глаза и вновь углубился в чтение. Солнце в зените нещадно жгло помост, и плечи мои под шерстяным санбенито горели. Инквизитор собрал листки и неторопливо, самодовольно, наслаждаясь тем, какое напряженное ожидание объяло всю площадь, направился к кафедре. Я взглянул на падре Эмилио, застывшего на скамье в своем зловещем черно-белом одеянии, — он торжествовал победу. Взглянул и на Луиса де Алькесара — тот сидел в ложе, и опороченный крест Калатравы горел у него на груди. Что ж, сказал я себе — и видит Бог, это было мое единственное утешение — по крайней мере вам не удалось посадить со мною рядом капитана Алатристе.

Инквизитор медленно и торжественно занял место на амвоне, приготовясь выкликнуть меня. И в этот миг в ложу королевских секретарей ворвался человек в черном. На нем было дорожное, насквозь пропыленное платье, высокие, перепачканные грязью сапоги со шпорами, а вид такой, словно он скакал галопом много часов кряду, торопливо менял лошадей на почтовых станциях и вновь вскакивал в седло. Я видел: держа в руке тонкую книжицу в кожаном переплете, человек этот прямо направился к Алькесару, что-то сказал ему, тот нетерпеливо взял книжицу, раскрыл, заглянул в нее, а потом устремил взгляд на меня, потом на падре Эмилио и вновь на меня. Тут и человек в черном обернулся ко мне, и я наконец узнал его. Это был дон Франсиско де Кеведо.

X

Незакрытый счет

Костры пылали всю ночь. Зрители оставались на Пуэрта-де-Алькала допоздна и не расходились даже после того, как от казненных остались только пепел, зола да обугленные кости. Пламя уходило в небеса, подбавляя в черноту дыма красновато-серые блики, а порой, когда ветер менял направление, до зрителей доносился густой смрад горелого мяса и жженой древесины.

Весь Мадрид — от почтенных супружеских пар, родовитых дворян и прочих приличных людей до самого последнего отребья — был здесь и толпился вокруг оцепленного альгвасилами пустыря, ища местечко поудобней. Хватало здесь и бродячих торговцев, и нищих, вышедших на промысел. И все искренне считали — ну, или считали нужным делать вид, — что присутствуют при зрелище поучительном, душеполезном, духоподъемном. Еще раз подтвердилось, как верна самой себе наша несчастная отчизна, всегда готовая позабыть за блеском и шумом праздника, жаром молитвы или огнем костра любые неприятности, будь то дурное правление, гибель флота, не доплывшего к нам из Индий, или очередное поражение в Европе.

— Гнусно все это, — промолвил дон Франсиско де Кеведо.

Я уже докладывал вам, господа, что великий наш сатирик был в соответствии с духом времени и нравами страны рьяным католиком, однако религиозный пыл умерялся присущей ему человечностью и образованностью. В ту ночь Кеведо был неподвижен и хмур. Разумеется, его утомила многочасовая бешеная скачка — это чувствовалось и в том, как поэт выглядел, и в том, как говорил, однако порой казалось, будто усталость эта копилась целыми столетиями.

— Бедная Испания, — добавил он еле слышно.

Пламя одного из костров вдруг прилегло, метнулось в сторону, взметнув тучу искр, и высветило стоявшего рядом с поэтом капитана. Зеваки стали рукоплескать. В красноватом зареве обнаружились стены августинского монастыря и каменный крест, отмечавший точку схождения дорог Викальваро и Алькала, — неподалеку от него, чуть поодаль от толпы и находились двое друзей. С самого начала казни стояли они здесь, ведя тихую беседу. Прервалась она лишь в тот миг, когда палач тремя витками веревки сдавил шею Эльвиры де ла Крус, и под ногами задушенной послушницы затрещали, разгораясь, поленья и хворост. Из всех приговоренных сожжен заживо был один только священник, который сохранял стойкость и выдержку едва ли не до самого конца, отвечая отказом на все предложения раскаяться в своих пагубных заблуждениях и с невозмутимым спокойствием созерцая, как занялся хворост. Жаль, конечно, что когда пламя дошло ему до колен — чтобы дать еретику время *примириться*, его милосердно сжигали на медленном огне — он проявил слабость и, испуская душераздирающие стоны, стал умолять о снисхождении. Но и то сказать — кто бы на его месте не дрогнул? Разве что Святой Лаврентий.

Алатристе и дон Франсиско говорили, главным образом, обо мне, а я в это время, измученный и наконец освобожденный, по-матерински обихоженный Каридад Непрухой, спал в нашей каморке на улице Аркебузы, спал так крепко, словно нуждался — ну а разве, позвольте спросить, не нуждался? — в том, чтобы ввести все мытарства последних дней в границы одного кошмарного сна. И покуда на костре горели еретики, поэт в подробностях рассказывал капитану о своей стремительной и опасной поездке в Арагон.

Да, поистине бесценной оказалась бумажка Оливареса. Четырех слов, начертанных доном Гаспаром де Гусманом тогда, в Прадо — «Алькесар, Уэска, зеленая книга» — хватило, чтобы спасти мне жизнь и стреножить королевского секретаря. Алькесар, изволите ли видеть, — не только фамилия нашего врага, но и название маленького арагонского городка, где он родился и куда, загоняя коней — один и вправду пал не доезжая Мединасели, — помчался дон Франсиско, обуреваемый безумной мечтой выиграть эти скачки, на которых главным его соперником было время. Что же до переплетенной в зеленую телячью кожу книги, то оказалась она приходской, содержала записи о венчаниях и крещениях и служила доказательством чистоты происхождения. Дон Франсиско де Кеведо, прискакав сломя голову в Алькесар, сумел с помощью своего громкого имени и денег, полученных от графа де Гуадальмедины, проникнуть в тамошнюю церковь. И к несказанному своему изумлению, облегчению и злорадному ликованию — убедиться в том, что граф Оливарес через своих шпионов знал и раньше: Луис де Алькесар сам был *нечистокровный*! На генеалогическом его древе имелась иудейская ветвь — ничего, впрочем, удивительного: пол-Испании могло бы похвастаться тем же, — принявшая христианство в 1534 году, о чем имелась соответствующая запись. Иудейские же предки очень сильно пятнали дворянское звание дона Луиса, однако в ту пору, когда даже самое благородное происхождение можно было купить — и не разориться, — все почему-то чрезвычайно вовремя позабыли произвести необходимые штудии и изыскания, без коих он никак не мог бы претендовать на высокую должность личного секретаря его величества. А поскольку Алькесар, помимо всего прочего, кичился принадлежностью к ордену Калатравы, а в рыцарское достоинство возводили только тех, кто доказал, что является «древним христианином» и что предки его не запятнали себя физическим трудом, то, господа, налицо — поддел-

Незакрытый счет

ка документов и подлог. И если бы такое недостойное поведение сделалось достоянием гласности — а для этого хватило бы одного сонета дона Франсиско, который подкрепил бы свои слова зеленой книжицей, позаимствованной у приходского священника в обмен на толику — и отнюдь не малую — серебряных эскудо, королевский секретарь был бы обесчещен, опозорен, потерял бы свою придворную должность и крест Калатравы, равно как и бóльшую часть благ и льгот, причитающихся идальго и кабальеро. Можно не сомневаться, что не один Оливарес ведал об этом жульничестве — знали о нем в Священном Трибунале, знал и падре Эмилио Бокансгра, однако в нашем растленном мире, в мире лицемерия и мнимостей, власть имущие, стервятники, падалью живущие, завистники, трусы и прочая мразь умеют покрывать друг друга и стоят друг за друга горой. Сотворил их всех Господь Бог, вот и слетелись они уже давным-давно терзать нашу бедную Испанию.

— Такая жалость, капитан, что вы не видели его лицо в тот миг, когда я протянул ему зеленую книжицу. — Голос поэта звучал устало; он еще не снял с себя насквозь пропыленного дорожного платья, не отстегнул окровавленные шпоры. — Луис де Алькесар стал белее бумаг, которые держал в руках, а потом побагровел так, что я даже испугался: не хватит ли его сейчас ненароком удар... Но дело было не в нем, а в Иньиго, и потому я придвинулся почти вплотную и сказал нетерпеливо: «Времени у нас с вами нет, медлить не приходится. Если не спасете мальчика, вы — человек конченный»... И он не стал спорить. Этот негодяй увидел свою будущность так же ясно, как мы представляем себе неизбежность встречи со Всевышним.

Все так и было, добавлю я от себя. Прежде чем монах успел произнести мое имя, Алькесар вылетел из ложи скорей, чем пуля из мушкетного ствола — подобное проворство объясняет его успехи на поприще секретарства, — подскочил к ошеломленному падре Эмилио и вполголоса обменялся с ним несколькими словами. На лице доминиканца появилось изумление, потом ярость, потом горчайшая досада; горящие мстительным огнем глаза готовы были, казалось, испепелить дона Франсиско, но тому, утомленному дорогой, снедаемому беспокойством за мою судьбу — ведь опасность совсем еще не миновала, — исполненному решимости идти до конца, в эту минуту было в высокой степени наплевать, кто и как на него смотрит. И вот, вытерши платком холодную испарину со лба, снова побледнев так, что казалось: добросовестный цирюльник только что отворил ему кровь, — Алькесар медленно вернулся туда, где поджидал его поэт. Из-за его плеча видел Кеведо, как, привстав со скамьи, отведенной инквизиторам, падре Эмилио, которого от ярости и разочарования трясло хуже, чем в лихорадке, подозвал к себе монаха и отдал ему краткое, почтительно выслушанное приказание. Тот взял бумагу с приговором и, вместо того, чтобы прочесть, отложил в сторонку, намереваясь, вероятно, засунуть ее в самый долгий ящик мадридской инквизиции.

Незакрытый счет

Еще один костер прогорел и с треском осел, взметнув в черное небо сноп искр, осветивших на миг фигуры поэта и капитана. Диего Алатристе был неподвижен и не сводил глаз с пламени. На осунувшемся лице — день выдался трудный, да и бок побаливал, хоть рана оказалась несерьезной — особенно дерзко торчали густые усы и орлиный нос.

— Как жаль, — пробормотал дон Франсиско, — что я прискакал поздно: можно было бы спасти и Эльвиру...

Он указывал на ближайший костер, и было видно, что горестная судьба валенсианской послушницы томит его стыдом. Нет, не за себя, не за капитана, а за все то, что погубило несчастную девушку, ее отца и братьев. Он стыдился, быть может, за страну, в которой ему довелось жить, — беспощадно-жестокую по отношению к ближнему, сияющую ослепительным блеском бесплодного величия, вялую и никчемную в повседневье и обыденности; и ни его стоицизм, ни порядочность, ни искреннее религиозное чувство не могли помочь ему и утешить его. Так уж повелось от сотворения мира — если у тебя светлый ум, а ты при этом — испанец, суждены тебе великая горечь и малая надежда.

— Впрочем, на все воля Божья, — прибавил поэт.

Диего Алатристе на сей счет предпочел не высказываться. Божья воля или дьявольская, он продолжал хранить молчание, всматриваясь в костры и темневшие на зловещем фоне зарева силуэты стражников и зевак. Он до сих пор не собрался проведать меня, сколько бы ни твердили ему Кеведо, а потом и Мартин Салданья, что теперь опасаться нечего. Все было обтяпано так быстро и отчетливо, что пока не обнаружили даже наемника, убитого при входе в вонючий проулок. Не было сведений и о судьбе подколотого Гвальтерио Малатесты. И капитан, перевязав в аптеке Фадрике-Кривого свою рану, отправился в сопровождении Кеведо к месту казни, и оставался там до тех пор, пока Эльвира не превратилась в кучку обугленных костей и золы. Алатристе показалось на миг, что в толпе мелькнул ее старший брат — единственный из всей уничтоженной семьи, кто сумел уцелеть, — однако было так темно и многолюдно, что закутанная в плащ фигура Висенте де ла Круса, если, конечно, это был он, а не его призрак, тотчас скрылась из виду.

— Нет, — неожиданно произнес Алатристе.

Он так долго молчал, что дон Франсиско даже не понял, что это — ответ на его слова, и с недоумением воззрился на друга, пытаясь понять, к чему же относится это «нет». Но капитан невозмутимо глядел на костры и, лишь выдержав еще одну бесконечную паузу, медленно обернулся к поэту:

— Бог не имеет к этому ни малейшего отношения.

В стеклах очков Кеведо метались отблески пламени, а светлые глаза капитана казались двумя озерцами, затянутыми льдом. Тени и красноватые сполохи догорающих костров играли на его мрачном лице, остром, как лезвие заточенного клинка.

Я делал вид, что сплю. Каридад накормила меня ужином, искупала в глиняном тазу и теперь сидела у из-

Незакрытый счет

головья моей постели, оберегала мой сон, штопая при свече капитанову рубашку. Я лежал с закрытыми глазами, наслаждаясь теплом и уютом и пребывал в блаженной дремоте, помогавшей не отвечать ни на какие вопросы и не думать о том, что мне пришлось пережить, ибо при воспоминании о перенесенных мною мытарствах — чего стоит одно только санбенито! — меня начинало буквально корчить от стыда. Тепло простынь, близость добросердечной Каридад, сознание того, что я — опять у друзей, и, самое главное — возможность лежать вот так, с закрытыми глазами, покуда мир вертится, напрочь позабыв обо мне, — погружало меня в блаженное забытье, которое сменялось тихим ликованием при мысли, что инквизиторы так и не сумели ни выбить, ни вытянуть из меня ни единого слова против капитана Алатристе.

И, заслышав на лестнице его шаги, я не открыл глаза, и веки мои были по-прежнему сомкнуты, когда Каридад, выронив из рук шитье, бросилась ему на шею. Я слышал их приглушенные голоса, звуки сочных поцелуев, слабые возражения капитана, а потом — негромкий стук притворенной двери и скрип ступеней, по которым спускались мой хозяин и трактирщица. Довольно долго я оставался один, но вот вновь заскрипели половицы под сапогами Алатристе — он подошел и стал у кровати.

Я совсем собрался было открыть глаза, но почему-то медлил. Я знал, что капитан видел меня на площади среди осужденных и догадывался о позоре, терзавшем меня. Не забыл он, вероятно, и что я нарушил его строгий приказ и, будто перепелка — в силок, угодил в ловушку, подстроенную нам у монастыря бенедиктинок. Короче говоря, не находил я в себе довольно сил, чтобы ответить на его вопросы или упреки, или хотя бы просто выдержать его безмолвный взгляд. И потому лежал неподвижно, дышал ровно и глубоко, притворялся спящим.

Молчание было безмерно долгим, и ни единый звук не нарушал его. Несомненно, Алатристе рассматривал меня при свете оставленного Каридад огарка. В тот миг, когда я, обманутый этой полнейшей тишиной, засомневался, здесь ли еще капитан, я вдруг почувствовал прикосновение его руки: загрубелая ладонь с неожиданной, непривычной лаской коснулась моего лба. Дотронулась, замерла на мгновение — и вдруг резко отдернулась. Зазвучали удаляющиеся шаги, заскрипела дверца поставца, звякнуло о край стакана горлышко бутылки, проехались по полу ножки стула.

Я чуть приоткрыл глаза. В неверном и скудном свете мне предстал капитан — сняв колет, отстегнув шпагу, он сидел у стола и пил. Раз и другой булькнуло вино, выливаясь из бутылки в стакан, и Алатристе медленно, сосредоточенно, так, будто все прочие дела в этом мире были уже переделаны, осушил его. Желтоватый свет воскового огарка озарял его белую сорочку, коротко остриженную голову, торчащие солдатские усы. Капитан не произносил ни звука и не делал ни единого лишнего движения — лишь методично наполнял и подносил ко рту стакан. Окно было открыто, и в сумраке угадывались очерта-

Незакрытый счет

ния крыш и печных труб, а над ними висела единст-
венная звезда — холодная, безмолвная, недвижная.
Алатристе упорно созерцал тьму, или пустоту, или
проплывавшие в ней призраки, порожденные его
собственным воображением. Мне хорошо был знаком тот ледяной отсутствующий взгляд, который
появлялся у капитана всякий раз, как вино оказыва-
ло свое действие. На боку у него очень медленно на-
бухала кровью повязка, расползалось по белой сорочке влажное красное пятно. Капитан Диего Алатристе казался таким же отчужденно-одиноким, как
эта мерцавшая на темном небосводе звезда.

Прошло двое суток. На улице Толедо вовсю светило
солнце, мир вновь сделался бескрайним и полным
надежд, и свойственная отрочеству бодрость вновь
заиграла в моих жилах. Сидя неподалеку от дверей
таверны «У Турка», я упражнялся в чистописании и
взирал на жизнь с той лучезарной готовностью от-
ринуть да позабыть всякую неудачу и злосчастье, которую дают лишь превосходное здоровье и мало-
летство. Время от времени поднимая голову, я смотрел на кумушек-зеленщиц, расположившихся со
своим товаром на другой стороне улицы, разглядывал кур, копошившихся в отбросах, уличных маль-
чишек, которые сновали среди карет и всадников,
гоняясь друг за другом по мостовой, или прислуши-
вался к разговорам, доносившимся из таверны. И
чувствовал себя счастливейшим из смертных. И даже стихи, которые я переписывал, казались мне пре-
краснейшими на свете:

Последний мрак, прозренья знаменуя,
Под веками сомкнется смертной мглою;
Пробьет мой час и, встреченный хвалою,
Отпустит душу, пленницу земную.

Они принадлежали перу дона Франсиско де Кеведо и, прозвучав из его уст, смоченных красным «сан-мартин-де-вальдеиглесиас», до такой степени пришлись мне по душе и по вкусу, что без колебаний я испросил у поэта разрешения скопировать их самым лучшим своим почерком. Сам поэт сидел за столом в обществе капитана и прочих своих приятелей — лиценциата Кальсонеса, преподобного Переса, Хуана Вигоня и кривого аптекаря Фадрике — отмечая при посредстве изрядного количества вышепомянутого вина, копченой зайчатины и колбасы благополучное завершение провалившейся затеи, о которой никто не упоминал прямо и вслух, но все имели полное представление. Все упомянутые особы, перешагивая через порог таверны, ласково ерошили мне волосы или давали легкий дружеский подзатыльник. Дон Франсиско принес том Плутарха, чтобы со временем я смог попрактиковаться в чтении, преподобный иезуит подарил посеребренные четки, однорукий кавалерист — бронзовую пряжку, некогда вывезенную из Фландрии, кривой аптекарь, человек весьма прижимистый, — унцию некоего снадобья, весьма, по его словам, способствующего сгущению крови, а стало быть, — способного вернуть мне утраченный после стольких и столь недавних передряг румянец. И, повторяю, не было ни в Старом, ни в Новом Свете человека, щедрее взысканного судьбой, нежели тот, кто, обмакнув в чернильницу одно из лучших гусиных перьев лиценциата Кальсонеса, выводил:

> Но и черту последнюю минуя,
> Здесь отпылав, туда возьму былое,
> И прежний жар, не тронутый золою,
> Преодолеет реку ледяную.

Как раз на этом месте я вдруг поднял голову — рука моя замерла в воздухе, и черной слезой канула на бумагу клякса. Вверх по улице Толедо пара мулов влекла черную, столь хорошо мне знакомую карету без герба на дверце и с важным кучером на козлах. Замедленным, как во сне, движением я отодвинул в сторону бумагу, перо, пузырек с чернилами и песочницу и поднялся на ноги так плавно, словно карета была призраком, готовым сгинуть от малейшей моей неосторожности. Экипаж поравнялся со мной, и я увидел в открытом и не задернутом занавесками окошке руку совершенной формы и удивительной белизны, а потом — и пепельно-золотистые локоны, и глаза, цветом своим напоминавшие небо на полотнах Диего Веласкеса. Все это принадлежало девочке, по чьей милости я чуть не погиб. И, покуда карета катила мимо таверны, не сводила с меня Анхелика де Алькесар пристального взгляда, от которого, вот вам крест святой, холод прополз у меня по всему хребту сверху донизу, и замерло в груди бешено колотившееся сердце. И, повинуясь, как говорится, безотчетному порыву, я положил руку на грудь, искренне сокрушаясь о том, что потерял талисман на золотой цепочке — подарочек, едва не обернувшийся для меня смертным приговором. И если бы не сорвали этот медальон в подвалах Священного Трибунала, продолжал бы носить его с любовью и гордостью.

Смысл моего движения был внятен Анхелике. Сужу по тому, что дьявольская, столь обожаемая мной улыбка тронула ее уста. И тотчас она поднесла к ним кончики пальцев, шевельнув губами в легчайшем подобии поцелуя. Улица Толедо, Мадрид и целая вселенная вмиг исполнились пленительной гармонии, а меня охватила ликующая радость бытия.

Карета давно уже скрылась из виду, а я все еще стоял в оцепенении. Потом выбрал новое перо, поправил его об рукав и дописал сонет дона Франсиско:

> И та душа, что Бог обрек неволе,
> Та кровь, что полыхала в каждой вене,
> Тот разум, что железом жег каленым,
>
> Утратят жизнь, но не утратят боли,
> Покинут мир, но не найдут забвенья,
> И прахом стану — прахом, но влюбленным[1].

Смеркалось, однако было еще достаточно светло. Постоялый двор «У Ландскнехта» стоял на грязной и вонючей улице, будто в насмешку названной Примавера, то есть Весна, неподалеку от фонтана Лавапьес, в квартале, где размещались самые дешевые, низкопробные кабаки и бордели последнего разбора. На протянутых поперек улицы веревках сохло белье, из

---

1 Перевод А. Гелескула.

Незакрытый счет

открытых окон доносился детский плач, слышалась перебранка. Алатристе, старательно обходя кучи конского навоза, вошел во двор, служивший, по всей видимости, и конюшней, и коровником, где в углу стояла сломанная телега без колес. Быстро сообразив, куда идти, капитан начал и ступенек через тридцать окончил восхождение по лестнице, причем из-под ног у него шмыгнуло в разные стороны штук пять котов. Больше никто ему не встретился. Поднявшись, он оглядел выходившие на галерею двери. Если сведения Мартина Салданьи достоверны, нужная ему была последней по правую руку, у самого угла коридора. Стараясь не шуметь, капитан направился к ней, по дороге распахивая плащ, под которым обнаружились нагрудник из буйволовой кожи и пистолет за поясом. В этой части дома стояла тишина — только ворковали голуби в застрехе. Снизу просачивался запах тушеного мяса, слышно было, как где-то вдалеке напевает кухарка. Алатристе помедлил, прикидывая возможный путь к отступлению, убедился, что кинжал и шпага — там, где им и полагается быть, вытащил пистолет и большим пальцем взвел курок. Настало время платить по счету. Пригладил двумя пальцами усы, отстегнул пряжку плаща и открыл дверь.

Жалкого вида обиталище предстало его глазам. Пахло затхлостью и запустением. Не дожидаясь темноты, по столу с объедками, как мародеры по полю сражения, сновали тараканы. Две пустые бутылки, кувшин с водой, выщербленные стаканы. На стуле — куча грязной одежды, на полу — урыльник, на вбитых в стену гвоздях — колет, черный плащ, шляпа. Шпага в головах кровати, а на кровати — Гвальтерио Малатеста.

Разумеется, если бы итальянец хоть как-то обозначил удивление или обнаружил недоброе намерение, капитан застрелил бы его, не утруждая себя околичностями вроде «Защищайтесь, сударь!», благо пистолет был наготове. Однако тот смотрел на вошедшего так, словно силился понять, кто это, а правая его рука ни на пядь не придвинулась к пистолету, предусмотрительно положенному поверх одеяла. Выглядел Малатеста ужасно: его разбойничье лицо от перенесенных страданий и трехдневной щетины выглядело еще более изможденным. Рассеченный лоб воспален, под левой щекой — грязная примочка, лицо и руки — восковые. До пояса гол, обмотан тряпьем с засохшей кровью, и по бурым пятнам, проступавшим насквозь, Алатристе определил, что итальянец получил никак не меньше трех ран. Бросалось в глаза, что в схватке он пострадал сильней.

По-прежнему держа его под прицелом, капитан притворил за собой дверь и подошел к кровати. Похоже, Малатеста наконец узнал его — взгляд лихорадочно блестящих глаз сделался жестче, слабая рука потянулась к оружию. Алатристе приставил дуло своего пистолета почти вплотную к голове итальянца, однако тот не в силах был сопротивляться. Он, несомненно, потерял много крови. Осознав, что деваться некуда, Малатеста ограничился тем, что слегка приподнял голову, глубоко ушедшую в подушку, и

Незакрытый счет

под его некогда выхоленными, а теперь запущенными усиками мелькнула белоснежная полоска — капитану ли, на своей шкуре познавшему, какую угрозу таит эта улыбка, было не помнить ее. Да, в ней сквозило изнеможение. Да, она больше напоминала болезненную гримасу. И все же это была та самая улыбка, с которой итальянский наемник Гвальтерио Малатеста жил, а теперь намеревался умирать.

— Смотрите, кто пришел, — произнес он. — Сам капитан Алатристе.

Голос его звучал тускло и почти без интонаций, однако слова он выговаривал твердо.

— Решил, я вижу, исполнить долг христианского милосердия? Навещаешь страждущих?

Он засмеялся сквозь зубы. Капитан, окинув его взглядом, отвел дуло пистолета в сторону, и, по-прежнему держа палец на спусковом крючке, ответил в тон:

— Я — добрый католик.

Малатеста издал короткий смешок, похожий на треск ломающегося дерева, и тотчас закашлялся.

— Да уж наслышаны... — сказал он, отдышавшись. — Куда как наслышаны о вашей набожности... Хотя в последние дни что-то стал я в этом сомневаться.

Выдержав взгляд капитана, он слабым движением руки, которая не удержала бы пистолет, указал на кувшин.

— Не затруднит ли тебя подать мне воды? Сможешь, помимо прочего, гордиться тем, что поил жаждущих.

Мгновение поколебавшись, Алатристе, не выпуская итальянца из поля зрения, медленно подошел к столу и вернулся к кровати. Малатеста, поглядывая на него поверх края кувшина, сделал два жадных глотка.

— Сразу убьешь или хочешь вытянуть кое-какие подробности о последнем деле?

Он отставил кувшин и с заметным усилием вытер тыльной стороной ладони губы, на которых продолжала играть его прежняя улыбка: так улыбалась бы, кабы умела, прижатая к земле змея. Покуда она еще дышит — берегись.

— Да какие там подробности, — пожал плечами Алатристе. — Все и так ясно. Засада в монастыре, Луис де Алькесар, инквизиция... Все.

— Черт возьми. Стало быть, пришел отправить меня на тот свет без долгих сборов?

— Вот именно.

Малатеста оценил свое положение и, кажется, нашел его не слишком обнадеживающим.

— Выходит, тем, что не припас истории подлиннее, я укоротил себе жизнь?

— Выходит, что так. — Теперь уже капитан улыбнулся жестко и недобро. — Но, к чести твоей, должен заметить — ты не из породы краснобаев.

Малатеста неглубоко вздохнул, чуть пошевелился и сморщился от боли, ощупывая свои перевязки.

— Очень любезно с твоей стороны. И все-таки мне очень жаль, что я сплоховал и не могу... — тут он показал глазами на висевшую в изголовье шпагу, — ...достойно ответить на твою учтивость, избавив тебя от необходимости прикончить меня, как собаку.

Незакрытый счет

Он снова слегка заворочался, стараясь устроиться поудобней. В эту минуту казалось, что Малатеста не питает к Алатристе злобных чувств, принимая близкую смерть как неизбежное в его ремесле неудобство. Однако черные горящие глаза следили за каждым движением капитана.

— Я слышал, что мальчуган сумел выпутаться... Это так?

— Так.

Улыбка итальянца стала шире.

— Бог свидетель, я рад! Молодчина. Ты бы видел его той ночью у монастыря, когда он кинулся на меня с кинжалом... Пусть меня повесят, если я получил удовольствие, когда вез его в Толедо, да притом зная, что ему предстоит... Но наше дело — такое... Сам знаешь: кто платит, тот и заказывает музыку.

Теперь Малатеста улыбался не без лукавства, но время от времени косился на свой пистолет, и капитан не сомневался, что он воспользовался бы им, будь к этому хоть малейшая возможность.

— Сволочь ты. Сукин сын, — сказал Алатристе.

Итальянец воззрился на него с непритворным недоумением:

— Черт возьми, капитан! Услышал бы тебя кто-нибудь — принял бы за монашку ордена Святой Клариссы. Сам-то — неужели лучше?

Наступило молчание. По-прежнему держа пистолет наготове, Алатристе обвел комнату долгим взглядом. Обиталище Гвальтерио Малатесты удивительно напоминало его собственное логово: хозяевам того и другого было совершенно все равно, где жить. Что ж, в чем-то итальянец был прав. Недалеко они ушли друг от друга.

— Ты и в самом деле не встаешь с постели?

— В самом, в самом, куда уж самей... — Малатеста поглядел на него с интересом. — А что такое? Хочешь сказать, что лежачего не бьют? — Снова мелькнула белозубая, жестокая улыбка. — Если тебе это поможет, могу перечислить всех, кого отправил в рай без пересадки, не дав даже перекреститься... Убивал лежачих и стоячих, спящих и бодрствующих, убивал в спину и лицом к лицу. Последних, по совести сказать, было меньше всех. Так что чистоплюйством своим передо мной не тряси. — Он рассмеялся скрипуче и зло. — Занятие у нас с тобой такое.

Алатристе разглядывал висевшую в изголовье шпагу — на чашке и крестовине царапин и вмятин было не меньше, чем на эфесе его собственного оружия. «Дело случая, — подумал он. — Как карта ляжет».

— Я был бы тебе очень благодарен, — сказал он вслух, — если бы ты дотянулся до своего пистолета или до шпаги.

Малатеста посмотрел на него испытующе, а потом медленно качнул головой.

— И не думай. Мы в подачках не нуждаемся. Не тяни, делай то, зачем пришел, — жми на курок, и покончим с этим... Повезет — поспею на тот свет как раз к ужину.

— Я в палачи не нанимался.

— Тогда проваливай. У меня нет сил с тобой спорить.

Незакрытый счет

Он снова уронил голову в подушку, закрыл глаза, засвистал свое *тирури-та-та* и, казалось, потерял интерес к происходящему. Алатристе стоял у кровати с пистолетом в руке. Из окна послышался отдаленный перезвон курантов. Малатеста оборвал руладу. Провел ладонью по надбровью, рассеченному и распухшему, потом по щекам, покрытым шрамами и оспинами, и снова взглянул на капитана.

— Ну что? Решился?

Алатристе не отвечал. Это уж не комедия, а черт знает что. Сам Лопе не осмелился бы показать такое на сцене — *мушкетеры* Табарки его бы освистали. Он еще ближе подступил к кровати, рассматривая раны своего врага: вид у них был скверный, а запах еще хуже.

— Не надейся, — будто читая его мысли, проговорил Малатеста. — Своей смертью не помру. У нас в Палермо народ живучий... Так что — давай, не томи.

Капитан хотел убить его. Вне всяких сомнений. Диего Алатристе хотел покончить с этим опаснейшим негодяем, который столько раз угрожал жизни его собственной и его друзей. Пощадить итальянца было бы таким же самоубийственным безрассудством, как оставить ядовитую змею у себя под кроватью. Диего Алатристе хочет убить его, должен убить его, и убьет, но не такого, каков он теперь, немощный и безоружный, а когда в руке у итальянца тоже будет шпага, когда они сойдутся лицом к лицу, и капитан услышит, как тяжело дышит противник, отбивая его удары, и предсмертно хрипит, пронзенный неотразимым выпадом. В этот миг он подумал, что торопиться, в сущности, некуда, дело не к спеху. И что бы там ни говорил, как бы ни язвил Малатеста, не так уж велико сходство между ними. Похожи, спору нет, но — в глазах Бога, дьявола, людей, а по сути, по нутру, по тому, что называется душой и совестью, сильно разнятся. Да, похожи, похожи во всем — да только разные узоры видятся им на ковре, именуемом жизнью. Похожи-то похожи, но, случись им поменяться местами, Малатеста давно бы уже прикончил Алатристе, а он вот стоит, не доставая шпагу из ножен, и палец его в нерешительности замер на спусковом крючке.

В этот миг отворилась дверь, и на пороге появилась женщина — молодая, в блузе и ветхой серой баскинье, с корзиной свежего белья и оплетенной бутылью вина в руках. Увидев незнакомца, она вскрикнула от испуга и неожиданности, выронила бутыль, тотчас разбившуюся вдребезги, и замерла, не произнося ни слова. С первого взгляда Алатристе определил, что боялась она не за себя, а за человека, распростертого на кровати. «Что ж, — насмешливо подумал капитан, — в конце концов, и змеи ищут себе компанию. И спариваются».

Он спокойно рассматривал вошедшую — она была тощенькая, вида простонародного. Молода, но уже заморена жизнью, ибо только житейские тяготы кладут вокруг глаз печать такой усталости. Черт возьми, она чем-то неуловимо напоминала Каридад Непруху. Капитан поглядел на вино, кровяной лужей растекшееся сквозь ивовую оплетку по плиткам пола. Потом склонил голову, осторожно спустил

Незакрытый счет

взведенный курок и сунул пистолет за пояс — все это очень медленно, словно боясь что-то позабыть или думая о чем-то постороннем. И сразу же, не произнеся ни слова, не оглядываясь, мягко отстранил женщину и пошел прочь из этой конуры, пропахшей одиночеством и несчастьем, поразительно похожей и на теперешнее его обиталище, и на все предыдущие, которых набралось за жизнь немало.

Он начал хохотать, выйдя на галерею, и продолжал, спускаясь по ступенькам на улицу, набрасывая на плечи плащ и застегивая пряжку. В точности так хохотал Гвальтерио Малатеста, когда завершилась история с двумя англичанами и он, распрощавшись со мною, уходил под дождем от королевского дворца. Капитан давно уже скрылся из виду, а смех его еще долго звучал на улице.

Эпилог

«Похоже, что боевые действия во Фландрии возобновляются, и многие солдаты и офицеры, до сей поры оставашиеся в Мадриде, приняли решение отправиться в действующую армию, поскольку здесь они не столько пребывали, сколько прозябали, а война сулит трофеи и иные выгоды. Четыре дня назад с барабанным боем и развернутыми знаменами выступил Картахенский полк, который, как, должно быть, известно нашим читателям, был пополнен и переформирован после того, как два года назад, в сражении при Флёрюсе понес ужасающие потери. Ныне он почти целиком состоит из ветеранов, и мятежные провинции вскоре должны почувствовать на себе их руку.

Вчера, в понедельник, при загадочных обстоятельствах погиб капеллан монастыря бенедиктинок падре Хуан Короадо. Сей клирик, происходящий из знатного португальского рода, отличался приятной внешностью и славился своим искусством проповеди. Судя по всему, когда он стоял в дверях своей церкви, к нему приблизился неизвестный молодой человек и, не говоря ни слова, пронзил его насквозь длинной шпагой, употребляемой обычно на бое быков. Убийство, по всей видимости, было совершено из мести. Убийца скрылся».

(Из «*Сообщений*» Хосе Пельисера)

Приложение

ИЗВЛЕЧЕНИЯ
ИЗ «ПЕРЛОВ ПОЭЗИИ,
СОТВОРЕННЫХ НЕСКОЛЬКИМИ ГЕНИЯМИ
ТОГО ВРЕМЕНИ»

Напечатано в XVII веке без выходных данных. Хранится в отделе «Графство Гуадальмедина» архива и библиотеки герцогов де Нуэво Экстремо (Севилья).

Сонет, посвященный лиценциатом
Сальвадором Кортесом-и-кампоамор
капитану Алатристе

Лишь вещий дар незрячего аэда
Тебя восславить мог бы на века:
Разящий блеск не твоего ль клинка
Досель слепит надменного соседа?

Остенде, Маастрихт, Антверпен, Бреда —
Ристалища твои. Не ты ль быка
Свирепый натиск сдерживал, пока
Отпор врагу не увенчал победой?

Не у тебя ли еретик-смутьян
В бою пощады запросил впервые?
Не ты ли турок гнал и лютеран,

Порядки их сминая боевые?
Не ты ль сумел уверить англичан,
Что сохранит главу склоненье выи?

Десима графа де Гуадальмедина,
посвященная некоему клирику,
пользовавшемуся большим успехом при дворе

Проникновенно проповедь читая,
Прельщаешь прихожанок благочестьем,
Под юбки-то зачем, однако, лезть им?
Какое место столь усердно крестим,
Что тверже стали стала плоть литая?
Таким исполнен, отче, лютым пылом,
Что брать в расчет не хочешь кривотолки:
Во всей округе не осталось щелки,
Куда бы ты, раздув свое кадило,
Не впарил благодати богомолке.

Десима Руиса де Вильясеки, порочащая лейтенанта альгвасилов Мартина Сальданью

Когда бы наш король вас попросил
Моток распутать спутанной кудели,
То вы, как лейтенант и альгвасил,
Вполне бы преуспели в этом деле,
И размотали все за две недели, —
Недаром же на вас — высокий чин.
Воловий труд вам, милый друг, привычен
По целой совокупности причин:
Вол схож с быком рогами, а отличен —
Тем, в сущности, чем евнух — от мужчин.

Приписываемый дону Франсиско де Кеведо сонет, в котором автор призывает молодость к благоразумию

Блажен юнец, что, над землею взмыв,
Объят отваги дерзновенным жаром,
Риск соразмерит с доблестью. Недаром
Он, побеждая, остается жив.

Иной, самонадеянно-ретив,
Стремится новоявленным Икаром
Достигнуть солнца в безрассудстве яром —
Он жизнью платится за свой порыв.

Вам внятен смысл сей важной аллегорьи?
Паря в необозримой вышине,
Дух благородный изнеможет вскоре

И пыл остудит в гибельной волне:
Знай: хладнокровье — храбрости подспорье,
Смельчак благоразумный — смел вдвойне.

Литературно-художественное издание

Артуро Перес-Реверте
ЧИСТАЯ КРОВЬ

Ответственный редактор *Н. Холодова*
Редактор *М. Немцов*
Художественный редактор *Н. Шабанова*
Компьютерная верстка *К. Москалев*
Корректор *Е. Четырина*

ООО «Издательство «Эксмо»
127299, Москва, ул. Клары Цеткин, д. 18, корп. 5. Тел.: 411-68-86, 956-39-21.
Home page: www.eksmo.ru   E-mail: info@eksmo.ru

По вопросам размещения рекламы в книгах издательства «Эксмо»
обращаться в рекламный отдел. Тел. 411-68-74.

Оптовая торговля книгами «Эксмо» и товарами «Эксмо-канц»:
109472, Москва, ул. Академика Скрябина, д. 21, этаж 2.
Тел./факс: (095) 378-84-74, 378-82-61, 745-89-16, многоканальный тел. 411-50-74.
E-mail: reception@eksmo-sale.ru

Мелкооптовая торговля книгами «Эксмо» и товарами «Эксмо-канц»:
117192, Москва, Мичуринский пр-т, д. 12/1. Тел./факс: (095) 411-50-76.
127254, Москва, ул. Добролюбова, д. 2. Тел.: (095) 745-89-15, 780-58-34.
www.eksmo-kanc.ru   e-mail: kanc@eksmo-sale.ru

Полный ассортимент продукции издательства «Эксмо» в Москве
в сети магазинов «Новый книжный»:
Центральный магазин — Москва, Сухаревская пл., 12
(м. «Сухаревская»,ТЦ «Садовая галерея»). Тел. 937-85-81.
Москва, ул. Ярцевская, 25 (м. «Молодежная», ТЦ «Трамплин»). Тел. 710-72-32.
Москва, ул. Декабристов, 12 (м. «Отрадное», ТЦ «Золотой Вавилон»). Тел. 745-85-94.
Москва, ул. Профсоюзная, 61 (м. «Калужская», ТЦ «Калужский»). Тел. 727-43-16.
Информация о других магазинах «Новый книжный» по тел. 780-58-81.

ООО Дистрибьюторский центр «ЭКСМО-УКРАИНА». Киев, ул. Луговая, д. 9.
Тел. (044) 531-42-54, факс 419-97-49; e-mail: sale@eksmo.com.ua

Полный ассортимент книг издательства «Эксмо» в Санкт-Петербурге:
РДЦ СЗКО, Санкт-Петербург, пр-т Обуховской Обороны, д. 84Е.
Тел. отдела реализации (812) 265-44-80/81/82/83.

Сеть книжных магазинов «Буквоед»:
«Книжный супермаркет» на Загородном, д. 35. Тел. (812) 312-67-34
и «Магазин на Невском», д. 13. Тел. (812) 310-22-44.

Сеть магазинов «Книжный клуб «СНАРК» представляет самый широкий ассортимент книг
издательства «Эксмо». Информация о магазинах и книгах в Санкт-Петербурге по тел. 050.

Полный ассортимент книг издательства «Эксмо» в Нижнем Новгороде:
РДЦ «Эксмо НН», г. Н. Новгород, ул. Маршала Воронова, д. 3. Тел. (8312) 72-36-70.

Полный ассортимент книг издательства «Эксмо» в Челябинске:
ООО «ИнтерСервис ЛТД», г. Челябинск, Свердловский тракт, д. 14. Тел. (3512) 21-35-16.

Подписано в печать с готовых диапозитивов 28.09.2004.
Формат 84х108^1/$_{32}$. Печать офсетная. Бум. тип. Усл. печ. л. 13,44.
Тираж 30 000 экз.   Заказ 5368.

ОАО «Тверской полиграфический комбинат»
170024, г. Тверь, пр-т Ленина, 5. Телефон: (0822) 44-42-15
Интернет/Home page - www.tverpk.ru Электронная почта (E-mail) - sales@tverpk.ru